即使世界如冰雪
我也要用盡全力擁抱你

───────────

愛情的面貌太多太多
唯有懂得愛情，才會發現，
相守並非這麼難，分手可以不這麼痛
當你真的了解愛情……

作者序
FOREWORD

愛，勇敢一點，及時一些！

妳在等什麼？

情愛的十字路口，等那個男人含笑的凝眸？

乾了又濕的枕畔，等一聲遲來的門鈴？

還是，在感情十字架上，等真心人用愛撫慰妳的傷口？

等待，是很多女人對愛情最大的投資；而勇氣和魄力，是大部分女性最嚴重的匱乏。

常常，多情不是被無情惱，而是被不知情惱。在一家醫院的加護病房內，風塵僕僕趕來探望的女人，緊握著彌留男人的手，一吐多年來埋藏心底的祕密——她遲遲不婚，因為一直竊竊戀慕著他。

男人幾欲闔上的眼簾因震驚而瞪得老大，「我……我以為妳對我毫無意思，才會去娶別人，妳……為什麼不早點開口呢？」

女人失聲嚎啕了起來，「我……在等你先開口啊。」

缺乏勇氣的人，用等待磋跎了真心，讓愛意凝成缺憾。

看遍世間情事，無奈地發現，有那麼多的人對性草率速食、

對愛卻躊躇膽怯，可以一夜激情，卻無能爭取真愛。總是怕付出太多，怕得到太少，怕愛人而不被愛，怕改變也怕不變。

於是，她們寧可原地不動。等緣份、等人來愛、等好男人出現，萬一等到的不是 Mr. Right 就繼續等，等壞男人變好，等浪子倦遊歸來，或者，等乏味的愛情無疾而終。

這是一封讀者的來函，「不知從何時起，愛變淡了，相見變成負擔，不捨的只有他的溫柔。他對我那麼好，教我如何提出分手呢？總覺得太殘忍……」

善良的女孩，學不會說再見。可是她不懂，不當的仁慈其實是最大的殘酷。愛變了質，繼續拖延無異慢性謀殺！到頭來不是殺盡原本美好的感覺，就是殺掉彼此的青春。

愛與不愛，爭取或放棄，都需要相當的勇氣。

年少的我，曾那麼固執地嚮往潔白無瑕的愛情，以為愛了就該一生一世，怎容得放棄或變質的醜陋？

現在，終於瞭解：執著，是愛情中最純粹的美麗，但對象不對，便是一種愚昧。

時常看到一些未婚女子愛上有婦之夫，無法自拔；或是癡情女孩苦戀花花公子，不肯醒來。她們有的貞烈地相信，耐心等待

和奉獻，終會守得雲開見月明；有的不甘心所付出的一切，咬牙切齒執意在不歸路中殺出生天。結果，多少個春秋寒暑在延宕和掙扎中溜走，盼不到名份，盼不到珍惜，等到的是，男人的絕情和背離。

不肯死心，卻不得不在青春耗盡後，心死。

是錯愛的悲哀。

不要以為等久了，就是妳的。當放不放，未必等到圓滿，徒然苦了自己。該割捨而不捨，只會失去更多。

真的，有些人，妳永遠不必等。

有些感情，也不能等，它的開始，始料未及，它的結束，更教人措手不及。妳可能左思右慮，好不容易決定放手一搏，才恍然驚覺這段情早過了「保存期限」，對方也許已使君有婦，也許茫茫人海再也無覓處。一切，大勢已去。

愛情中的電光火石，根本容不得一絲一毫的遲疑。一個猶豫，或許就是一生的錯過。

愛，一定要及時！

慢慢發覺，生命裏的風景大抵無法重現。今日的我怎樣也回不到昔日的容顏，當時的感動；曾走過的地方再次重遊，多半已

星移物換，即使維持原貌，再訪的心情也一定不盡相仿。曾經相愛的兩人偶遇重逢，當初的雀躍悸動，可能怎麼也喚不回了。

　　景物未必依舊，人事卻太易全非。歲序更迭，心境在變，未能掌握剎那，可能錯過永恆；未能疼惜自己，可能辜負青春；未能及時斬斷孽緣，可能錯失另一段良緣，人生際遇一旦失之交臂，也許今生便再也無緣。

　　無緣的人，似兩條平行線，縱然相對，也不相識。有緣的人，是兩條交叉線，有的在交集後疊成一線，攜手偕老，而更多則在交會互放光芒後，愈行愈遠。

　　是有緣無分？還是情深緣淺？

　　我想，更多的可能是——沒有把握！

　　等待和猶豫，是生命的浪費，妳可能會因此錯過人生中的好山好水，只要勇敢一點、及時一些，相愛，並不困難。

　　不必怕失敗。前進，是成功者唯一的行動。

　　妳還等什麼？

小彤

目錄
CONTENTS

陪你狂亂

———

WHAT IS LOVE
OI

冥冥中，似乎有股神祕的力量牽引著她，
身不由己，只能向前走、向前走……

京都，醍醐寺。賞櫻會甫過，遊客甚稀。

剛上香許過願，宛歆的心仍沉落，一如夜空失墜的殞石。都怪自己一時鬼迷心竅，竟應允了國忠的非分請求。

「我有股票內線消息，這一波炒作下來至少賺上一倍，我們就有錢買房子結婚了。」

「可、可是一旦被察覺了，你這課長和我這會計都會吃上官司的。」宛歆向來奉公守法，對此等非法的冒險不免膽顫跚躕。

「我們只是暫時『借用』一下公款，兩個禮拜後，我們把股票賣出後再把錢存進去，不就神不知鬼不覺了？」

原以為天衣無縫的計畫，怎奈人算不如天算，股市狂跌，挪用的公款不僅慘遭套牢，連他們倆原先存的結婚基金也一併血本

無歸。眼看月底將屆，老板又要查帳了，情急下，宛歆只得偽稱遠嫁日本的姊姊即將臨盆，請了一週的年假暫緩拖延一下。

「怎樣？有起色嗎？」

「還在跌，賣不掉！」

這是他們每天越洋電話中不變的問與答。始終盼不到轉機。

寺院裏，長長的廻廊上只有宛歆獨行踽踽，風吹落葉的沙沙聲伴著單調的腳步，益顯淒清。

這是宛歆第一次到醍醐寺，但從進門第一眼起，她就有種舊地重遊、似曾相識的感覺，五重塔、金堂內的佛像、兩旁的景物……一切，都熟悉得教人心驚。

就像此刻漫踱廻廊中，她居然毫無來由地知道：盡頭拐個彎便是三寶院庭園，拱橋旁錯落的櫻花樹此時應已落盡了繽紛，橋下的湖面會浮滿小小花瓣，頑皮孩子偶爾擲下的石子劃破了靜謐湖面，濺起一道道白色水花，冰涼沁骨的湖水，冰冷啊……寒意，驀地竄遍渾身每個毛細孔，冷！莫名的冷！冷得宛歆渾身都劇烈顫慄起來，她想轉身逃走，卻止不住前進的步履，冥冥中，似乎

有股神祕的力量牽引著她，身不由己，只能向前走、向前走……

瑟瑟風中，她聽到有人在低喚：「惠子，惠子。」

「誰？誰在叫我？哦，不，我不叫惠子！」宛歆抱緊昏脹欲裂的腦袋，狂亂地喃喃自語。停不了的腳步仍繼續向前走……迴廊的盡頭，果然和她腦海裏的景象，幾乎一致！

震懾、驚駭中，世界突然失速旋轉了起來，歷史的膠卷一幕幕在她眼前播放──拱橋上，一名魁梧英挺的武士和一名身穿和服的少女並肩佇立。

「懷孕？妳怎麼這麼不小心？」武士不耐地咕噥：「惠子，妳也知道下個月我就要迎娶主公的外甥女了，這婚事是豐臣將軍作的主，我不能……」

「我知道，我只是一個身分低微的婢女。」少女噙著淚懇求道：「可是，請讓我生下孩子，好嗎？求求你。」

「不行，這孩子絕不能留！」

「求求你，我會離開回去鄉下，自己撫養孩子，不會拖累你。」少女殷殷哀求。

武士陰森著臉沉吟半晌，倏地伸出手，一把將少女推入湖中！

　　「不——」

　　宛歆石破天驚的一聲驚呼，竟穿過了時空的藩離，響徹了整個醍醐寺！武士，那位備受豐臣秀吉寵信的武士，驚懼地朝她這方向望過來，「誰？是誰？」

　　她看清楚了武士的臉，那絕情如刑場劊子手的陰狠表情，那張臉——

　　「誰？出來！」武士的視線來回掃過宛歆，卻似乎看不到她的存在，怔忡了幾秒，一縱身，武士人已匿入遠處。

　　湖中，少女的身子愈沉愈深，怨恨難解的雙眸，是她沉溺前最終的控訴！就在少女滅頂的那一刻，宛歆頓覺天旋地轉，眼前一黑……

　　昏倒神社後翌日，宛歆不顧姊姊的慰留，執意返回台灣。

　　「該來的就讓它來吧！」她堅決地對來接機的國忠表明：「明天，我決定向老闆坦承一切，我會求他不要將我們移送法辦，讓

我們分期償還。」

「但是，兩百多萬呢，我們要到何時才還得清？」

「不然又能怎麼辦呢？我想過了，這是唯一解決的方法。」

兩人一路無語。車子下了交流道，國忠突然駛往另一個方向，「去哪？」宛歆問。

「去碧潭走走，嗯？」

入夜的碧潭，煙波靄靄，兩人臨水而立，「妳記得妳就是在這裏答應我求婚的嗎？我們約好以後要生兩個女孩，妳說，女兒貼心。」他在試圖以甜蜜的往事動搖宛歆的決定，他不能讓宛歆毀掉他的前途。

宛歆沒有答腔，凝重的側影說明了她的決心。

眼見勸阻無效，國忠猛一咬牙，欺近宛歆──

「你，你想幹什麼？」

宛歆倏地閃身跳開，躲過了國忠向前推的手勢，「你想要我死，嗯？我死了，大家會以為是我虧空公款，畏罪自殺，這樣你就可以脫身了，對不對？」

她憤然甩了滿臉通紅的國忠兩耳光，轉身衝上車，決然將車駛走。

　　女人永遠不解的是，男人的狠心。宛歆忘不了那個日本武士的臉，那張長得和國忠一模一樣的臉！

化妝舞會

———

WHAT IS LOVE

02

平時，她只是個平凡不起眼的女孩，永遠低垂著頭，默默來去、靜靜上課，從不參加任何活動。但是，今晚，她是最耀眼的明星。

　　她一出現在大廳門口便吸引了全場男士的目光。翩然優雅地拾階而下，她像個習慣掌聲的紅伶，從容收納四面八方的傾慕讚嘆。為了這場號稱史上最盛大隆重的化妝舞會，企管系上上下下喧騰了好一陣子，大家莫不挖空心思來設計造型、籌備裝扮。偌大的舞場裏，恣意穿梭著各式電影及童話中的人物，傳神得讓人無從分辨面具後的真面目。

　　舞池燈光轉暗，音樂甫緩緩揚起，幾個男同學便同時向她伸手邀舞。她毫不遲疑地將手交給「海盜船長」，儘管眼罩遮住他一隻眼，她還是立即認出他就是李昶宇。

　　他是大她一屆的學長，因為微積分重修，每週有兩堂課她可

以看到他，她總是坐在李昶宇的斜後方，透過垂落的髮隙竊竊地望著他，可惜，李昶宇的眼裏從來沒有她。平時，她只是個平凡不起眼的女孩，永遠低垂著頭，默默來去、靜靜上課，從不參加任何活動，班上很多同學甚至還不曉得有她這號人物。

但是，今晚，她是最耀眼的明星。

半截面具恰到好處露出她燦亮的眼眸和小巧櫻唇，向上綰起的烏髮烘托她雪白的頸項，一襲蕾絲膨裙小禮服，將她略嫌發育不良的身材勾勒得凹凸有致。

音樂正美，他們如此靠近地暢情開聊，「妳懂的東西挺多的嘛。」李昶宇含笑凝視著她，「妳一定不是企管系的，不然我不可能會沒注意到妳。」

她淺淺一笑，當作回答。童話中，宮廷舞會上，灰姑娘仙杜麗拉是王子眼中唯一的美麗，他們隨著音樂不停翩飛起舞，一曲接著一曲，「妳那麼秀麗高貴，一定是哪國的公主。」王子對灰姑娘道。

整晚，王子的視線沒有離開灰姑娘。

整晚，李昶宇的目光沒有離開過她。面具遮去了她的不安，今晚，縱然偽裝，她也要成為他眼中的仙杜麗拉。

　　其間，幾個男同學來搶人，「李昶宇，一個人獨佔美女，太過分了吧？」

　　「Sorry，今晚她是我的專屬舞伴。」他向來霸道，尤其對奪取美女的青睞更是當仁不讓，他歷任女友的名單便囊括了好幾個系的系花。

　　她笑著縱容李昶宇的驕橫跋扈，一不小心失神踩了他的足尖，他俯首注意到她的腳：「好特別的鞋，燈光下會閃閃發光呢。」

　　「這是灰姑娘的玻璃鞋。」她玩笑道。

　　「哦？」他意味深長地凝望著她，「那麼，記得留一隻給我，好讓我挨家挨戶尋妳。」

　　旗鼓相當的機智反應並沒有安定她的志忑，她躲開李昶宇的注目，不確定自己是否有灰姑娘的幸運。

　　曲欲終，人將散，主持人朗聲宣佈道：「現在播放的是最後一首舞曲，跳完後請各位分別到男女更衣室卸下面具和戲服，然後，男士們到門口指認剛剛共舞的女士。」現場，陷入一陣騷動。

　　「拆下面具後，你認得出我嗎？」午夜一到，灰姑娘就要變回原來灰撲撲的模樣了，失去南瓜馬車和仙女魔法的灰姑娘，王子是不是還認得她呢？

　　「我不相信誰會忘記這麼出色的妳。」他說，給了她一個信心滿滿的笑容。

　　猶豫地走進女更衣室，她知道，午夜鐘聲終究是要響起了——

　　待人潮多已散盡，她才緩緩踱出大廳，揚手撥開向來總半遮面的長髮，她要李昶宇看清楚一切、看清楚她。路燈下，李昶宇仍在耐心等候，他抬眼望向她，瞥見她左眼上方一大塊絳紅鮮明的胎記，隨即移開視線，繼續朝門內張望。

　　「他果然認不出我來！」她忍住悸動舉步欲逃，猛然踏了個空，一個踉蹌！再抬起頭時，正好迎上李昶宇的眼眸，他的目光

直直停駐在她的「玻璃鞋」上。

　　不去看李昶宇瞠目結舌的神情，她僵硬地一步、一步走過他面前，任他和灰姑娘的美夢一起──擦身而過。

愛情美食家

———

WHAT IS LOVE
03

做菜和享用，付出與獲得，讓她嚐盡了感情的酸甜苦辣。慢慢地，她變成了「愛情美食家」。

　　她走進廚房，為心愛的男人做起十餘道步驟的什錦麵。

　　卸下女強人的武裝，將麵條灑在鍋裏，滾燙的水是她熾熱沸騰的愛。男人酷愛麵食又挑嘴，她花了不少精力摸索他的口味，宛如執著的科學家不斷實驗研究「愛的料理」。

　　「值得嗎？花那麼多心力就為了煮一鍋麵？」朋友著實看不過去。

　　她聳聳肩，「他喜歡，就值得！」為了愛，再多辛勞也無悔。

　　瀝起七分熟的麵條，隨即擱入冰水中急凍以保持麵的Q勁，再把染勻太白粉的肉片滑進炒菜鍋，快炒幾下即刻剷起。男人是個美食主義者，對麵條的嚼勁及肉質的口感要求得幾近苛刻。

　　接著，她把男人最愛的幾種蔬菜切絲炒熟，再倒入熬了一個

多小時的大骨湯，待湯滾沸後再放進肉片及麵。男人總吃得精光，總人前人後誇她廚藝一流。

抓住男人的胃，卻未必抓得住他的心！後來，她離開了男人，因為發覺對食物極盡挑剔之能事的男人，對女人、對性愛，竟飢不擇食、來者不拒。

她可以忍受他和其他女人眉來眼去地調情，她也盡量假裝不知道他誘惑過她的好友，但是，當她出差歐洲一個多月提前兩天回來，發現躺他身邊的居然是他住處附近餐廳裏那個臃腫醜陋、又大他十多歲的老闆娘時，她只覺一陣排山倒海的噁心反胃。

老闆娘赤裸裸的身體俯趴在他的身上，油顫顫的肉團，像極了那男人最討厭的肥豬肉。

「哎──喲，這種東西怎麼能吃呢？」第一次與他用餐，他看到炒菜中有一塊白花花的肥肉，立即大呼小叫地把肉夾開，那種嫌惡的表情，像見到殺父仇人似的，非除之而後快，「肥油油的，好噁！」

自此，她總費心地刮掉每塊肥肉，不讓男人看到肥脂。

可是，那渾身油脂的女人……

她把胃中所有的食物都吐個精光，也吐光這段嘔心瀝血的八年感情。

她走進廚房，為自己煲起繁複耗時的玉米濃湯。

任由鍋內的雞肉被爐火挑逗得輕顫不已，她賣力切著洋蔥。離開摯愛卻流不出半滴淚，也許只因傷太重、心太痛。而洋蔥的刺嗆，釋放了她心底最深沉的悲傷痛楚。

撈去雞塊、汲去肉渣，她的生活中容不下任何雜質，雞湯如此，愛情尤然。

事後，男人來求和。為了怕自己心軟再回頭，她毅然賣掉居住多年的房子，不是太絕情，是不想再對自己殘忍。

把切碎剁爛的洋蔥放進清雞湯中，再加入一匙奶油和一杯奶水，細火慢熬一小時，直到洋蔥都煮透熬化了為止。就像自己在多年情路上熬得爛透倦極，熬得只為男人而活，熬得失去自己。男人不喜玉米湯，一向愛喝這湯的她便也跟著不碰，多愚不可及

的「犧牲」，換來的又是甚麼？

　　倒進玉米醬、粒，再加上太白粉勾芡，最後倒入蛋花、舖上火腿末及蔥花。她總能一次喝下三大碗。

　　為自己而活，是一種幸福，她開始覺得。

　　她愈來愈忙碌，許久不再走進廚房，直至另一個男人進駐她的廚房，為她做了一道簡單爽口的熟布丁。

　　那男人先將砂糖煮成焦褐色，淋一小匙於模具杯底，接著，熱牛奶摻入砂糖，再倒入打得均勻綿密的蛋液，男人熟練地把一個個模具推進烤箱，半小時後，香噴誘人的布丁便出爐了。

　　在等布丁冷卻的空檔，男人聊起自己的過去與將來，「我一直希望能早日組個小家庭，和心愛的女人一起，為心愛的孩子做布丁。」

　　聽出他的暗示，她倉皇地轉開話題，「啊，布丁冷了吧？」

　　把布丁放進冰箱冷藏的期間，男人對她表白了愛意，「妳也許曾對男人、對愛情失望過，但是妳願意再冒一次險嗎？妳願

意──和我一起做布丁嗎？」

　　她沒有回答，靜靜地取出布丁嚐了一口，焦糖淡淡的苦味正好襯得整個布丁香甜而不膩。她終於明白，愛情應該像熟布丁，一點點苦澀是為讓甜蜜更餘味無窮，一旦苦太多蓋過了甜味，愛情布丁便會原味盡失。

　　她愛上了熟布丁，和做熟布丁的男人。

學會說再見

———

WHAT IS LOVE
04

愛情中，沒有所謂的誰負誰，有的只是「錯誤」而已。錯誤的相遇，或者錯誤的別離。

　　當佩玉從陳列架上取下一隻玩具時，她沒有想到她同時也取出了一份塵封的往事。

　　透過架上騰出的空間，她瞧見對面一張熟悉的男人臉龐，對方也在四目相視的剎那，以眼神發出相同的驚訝：「是你？！」

　　那個叫軒榮的男人繞過玩具陳列架，向她走來。他繞過來的幾秒鐘，剛好足以讓佩玉把一切情緒收拾妥當，「你好嗎？」佩玉問，千言萬語只化做一句生疏的問候，別來無恙？

　　「還好，自己弄個工作室混口飯吃。」軒榮的眼睛犀利地掃過佩玉手中的模型飛機，「買給孩子的？多大了？」

　　「再兩個月滿四歲。這，你女兒嗎？好可愛的女孩呀。」她俯身逗弄著軒榮拖車中的女娃兒，沒注意到他臉上乍現即逝的痛

楚。

「剛滿三歲。小欣，叫姨姨。」軒榮示意小娃兒叫人。

「最近有沒有跟老同學聯絡？」

「幾乎都斷了音訊了，半年多前阿慶結婚，我們幾個還在計畫今年年底要辦同學會哩。」

「哦？到時一定要記得通知我。」佩玉說：「你們的工作室應該經營得不錯吧？」

久別重逢，他們客套地談著言不及義的話題，小心翼翼地使彼此停留在安全的界限裏。

歲月，果然是心情的漂白水，將驚濤駭浪也化成雲淡風輕。六年前的那一幕，曾何等摧心搗肺啊！那晚，她去 WAVE 夜店找在那兒當 DJ 的好友，從二樓 DJ 室俯瞰舞池，全場一覽無遺，光影閃動、人聲雜杳，無意間她瞅見一個熟識的身影—是軒榮！軒榮的手環住一位放浪狂舞的女孩，從少女顛躓淩亂的舞步看來，似乎醉得十分厲害，軒榮親暱地抱著少女，邊拖邊拉地離開舞池。

佩玉疾步跟了出去，及時目睹他和少女走入夜店旁的飯店。

「嘩，原來你們在這兒，害我找個半死。」

一名女子走近軒榮，匆匆對佩玉點頭致意，隨即抱起拖車中吃得滿臉巧克力醬的女娃：「髒死了，媽咪抱妳去洗臉臉喔。」

佩玉馬上認出這位風姿綽約的少婦，就是舞廳中的女孩，她額前豆大的硃砂痣令人過目難忘。

望著少婦倉卒離去的背影，他忙道：「她是我的……」

「我見過她。」佩玉斷然截住他的話，「在 WAVE，你和她一起。」

「WAVE？」他一陣愕然，拚命在記憶中搜尋著，好不容易才拼湊出一些支離破碎的片段──是有那麼一天，女孩和男友鬧彆扭，北上找他訴苦，女孩心情不好，一下子吵著要跳舞，不一會兒又鬧說想喝酒，哪知兩杯黃湯下肚，她就哭鬧不休，軒榮不得不盡速把女孩帶離。他住的單身宿舍不便留宿異性，於是，軒榮就近將爛醉如泥的女孩安置在夜店旁的飯店。

「飯店！」往事驟然喚回，也喚醒他曾經的疏忽，難道……

「妳看到我帶她去……，所以才……才跟我分手？」軒榮慌得口吃起來。

佩玉嗔怨不語，他居然不知道自己做了什麼事傷透她的心？

從佩玉怨懟的眼神中讀到了答案，軒榮頓時懊惱得想賞自己幾拳。他恨自己只顧氣憤佩玉提出分手，而偏執地以為佩玉另結了新歡；悔不該在佩玉當眾甩他耳光後，撂下「恩斷情絕」的狠話；悔不該倨傲倔強地寧可多年情感付流水，也不願低頭求和；年少輕狂太荒唐，而今又該如何看待這般謬誤遺憾呢？

他想解釋，但一眼望見她手中的玩具，那個她為她四歲孩子買的玩具，「事實已經無從挽回，再說明也惘然了吧。」他絕望地想。

少婦抱著小女娃回來。佩玉擠出一抹笑容向他們道別，用盡所有意念強迫自己挺直背脊，轉身走出他的視線，「就讓他以為我結婚了也好。」看到他和妻女幸福的景象，佩玉當下決定不去澄清手上的玩具其實是買給四歲的小姪兒。結婚？她的愛，早在六年前就已祭祀給了他的背叛。

少婦發現軒榮的怔忡，「她……就是你常提起的那個佩玉？哥，你怎麼不追上去呢？這麼多年來，哥為了她一直不娶……」

　　軒榮黯然把嬰兒車轉往相反的方向。太晚了，一切。

　　水霧濡濕了軒榮的視線，另一邊，佩玉緊咬住唇，不讓自己嗚咽出聲。

　　沒有回頭，他們愈離愈遠。

一〇一次相親

———

WHAT IS LOVE
05

她愈來愈怕參加喜宴，除了觸景易傷情外，每回被問到：「什麼時候輪到妳請喝喜酒呢？」她都困窘得無言以對。

　　如果把自己多年來的相親經驗寫成書或拍成電影，淑美相信，絕對稱得上「高潮迭起、絕無冷場」。

　　大概從她一跨進四十歲大關，親友們對她婚事的關心便從「要睜亮眼呀，女怕嫁錯郎」的提醒，變成「眼光不要太高啦，挑來選去會揀到賣龍眼」的勸告，再笨她也聽得出他們的言下之意是：「唉喲，年紀老大不小了，沒得挑剔啦，將就點吧，不然，就要變老處女了。」

　　說到老處女，淑美大學剛畢業到這所國中教書時，便常聽到學生在背後這樣叫幾個年逾四十仍未婚的老師，語氣中的鄙夷和不屑，好像只要過了適婚年齡（也不知是誰定下這該死的「弒」婚年齡），不結婚就一定多少有些心理變態似的。

　　曾幾何時，「老處女」三個字也變成她的過敏原，最近只要一聽到有人提及這三字，她就會神經質地豎起耳朵，確定說的是不是自己。她愈來愈怕參加喜宴，除了觸景易傷情外，每回被問到：「什麼時候輪到妳請喝喜酒呢？」她都困窘得無言以對。而這些「高齡單身女郎症候羣」，逼得向來崇尚自由戀愛的她也不得不「從善如流」開始嘗試各種相親交友管道。

　　第一個相親的對象，是姨丈世交的兒子阿雄。

　　姨丈在介紹完對方顯赫的家世和學歷背景後，很識趣地留下他們兩人單獨相處，這位將相名門之子便開始口若懸河「炫」起他不凡的品味：

　　「這家餐廳的裝潢只能用『低俗不堪』來形容，這什麼吊燈壁飾？嘖嘖嘖。」他做噁嫌棄的表情像踩到了死老鼠，「妳看，這餐桌巾的花色看了就教人食不下嚥。」

　　雖說食不下嚥，他還是邊罵沙拉難吃、濃湯不道地，牛排又太老，邊把所有食物掃進他微凸的肚子裏。「這咖啡根本是洗碗水，妳不知道巴黎任何一家露天咖啡座的咖啡呀……」

淑美極力撐住嘴角那抹淑女的微笑，用盡所有教養、忍耐著不把整杯咖啡往他頭上倒去。

　　第二次相親是同事小慧牽的線，據小慧形容，對方是一位「很風趣、很幽默」的泌尿科醫生。那晚，對方足足說了整夜噁心有餘的醫療祕聞，「哈，那顆結石差不多有妳湯匙裏這顆豆子那麼大喔，哈哈，是從尿道裏尿出來的呢。」

　　小慧很捧場地乾笑幾聲，淑美卻差點沒把嘴裡的湯全吐了出來。

　　這位據說是國內泌尿科權威的醫生，顯然連基本的國學常識都沒有，淑美沒話找話問他：「你和令尊、令堂一起住嗎？」

　　「呃，我的『令尊』已過世了，我的『令堂』住在雲林老家。」泌尿科權威答得自然又流暢。

　　第三位，鄰居陳媽媽的姪子，是旅美知名的音樂家。「他長得又高又帥，唉喲，倒追他的女孩可以從火車站排到中正紀念堂呢。要不是淑美妳媽跟我交情夠，妳又這麼討我喜歡，我才懶得費盡唇舌去說服他相親哩。」

　　陳媽媽一副大施恩惠的模樣，教淑美挺彆扭難堪的，不過，更彆扭的還在後頭。見面當天，大音樂家遲了快一個鐘頭，一進來連聲道歉也沒有，還要求跟淑美換座位，「那個背景和光線，比較襯我的衣服。」

　　席間，他不停撥甩著瀏海，當陳媽媽說到淑美的乖巧懂事時，大音樂家陡地沒頭沒腦打斷道：「你們知道嗎？我最討厭別人說我長得像湯姆克魯斯，我希望他們注意的是我的音樂，音樂！嗯？」他說話的語調優雅得近乎做作，淑美發現他的眼睛始終癡迷地盯著落地窗上自己的倒影出神。

　　相親尚未成功，淑美還在努力。在好友推薦下，淑美也嘗試了幾個交友軟體與約會網站，在科技公司任職的李先生，不斷逼問她對台灣獨立的看法，只差沒要淑美寫論文報告；看來老成持重的證券經紀人開口閉口「我媽媽說」，第一次見面就問淑美：「妳婚後會辭掉工作吧？我媽媽說女人的天職就是相夫教子，結婚了以後還在外面拋頭露面，跟男人爭高下，這種女人最要不得，我媽還說女人哪……」還有更扯的，網路上聊沒幾句就開始

問你胸部多大……

　　至於，大學死黨碧華介紹的那位專擅言情小說的男作家，自始至終擺出一副憂鬱小生的苦瓜臉，像被人倒了會似的，講話咬文嚼字不打緊，居然還盯著窗外幽幽道：「雲兒哪，你將飄往何處、歸向何方？」聽得淑美雞皮疙瘩一個個應聲立正。

　　經歷那麼多慘痛又恐怖的經驗後，淑美已經不對相親交友抱任何希望、準備放棄之際，閨中密友素芬卻又來吹皺一湖春水，說如果不見見這個男人，淑美一定會終身遺憾、後悔終生。禁不起素芬的再三鼓動，淑美只得勉為其難答應「最後一擊」。

　　那位白手起家的貿易公司老闆，並沒有淑美想像中的禿頭啤酒肚，相反地，體面的穿著與還算端正的長相給人第一印象頗佳，所以，儘管對方找的約會地點是在與他倆穿著、年齡極不搭襯的便利商店座位區，淑美也不以為忤。

　　他們一人一杯「買一送一」的熱美式，就這樣從下午喝到晚上七點多，淑美又餓又渴，大老闆還在暢談他的白手起家奮鬥史，淑美禁不住餓，到冷藏陳列架拿了兩個三明治，結帳時，大

老闆就直叫了起來：「兩個三明治七、八十元，坑人哪？」

雖然是淑美自掏腰包買單，大老闆還是邊狼吞虎嚥邊嘟噥不休。

現在，不管別人如何熱心、關心兼操心，淑美一律以「我有知心男友了」來謝絕所有的媒妁。遇到有人問起何時請喝喜酒，她會從容淡定應道：「明年。」

如果還有人不識相猛追問婚期，她就輕描淡寫一句：「明年二月三十日。」

唉，單身女郎難為！

完全「娛樂」

———

WHAT IS LOVE
o6

　　日子一天一天飛逝，他一天一天計算她的死期。馬不停蹄地趕赴她的每場演出，一定坐在最前面，鼓掌鼓得手心通紅也不在乎，他要陪她表演到最後一秒⋯⋯

　　他又坐在第一排正中央的位置，用灼熱如焰的眼光緊盯著臺上忘情演唱的雪兒。幾個月來，從不間斷，也未曾改變。

　　說來可笑，都三十好幾了，還像少男少女般瘋狂崇拜偶像。當初，他之所以會注意到雪兒，其實是緣於朋友的一番閒談。

　　「喏，你看！」朋友指著電視螢幕裏熱歌勁舞的雪兒，「這是 X 唱片公司力捧的新人，二十三歲，長得不錯，歌也不差，只可惜聽說得了癌症，剩下不到半年的生命。」

　　半年？他有些悵然，為如此璀璨年華的早逝。

　　也不知是不是想在一個生命結束前為她多盡一分心力，他開始關心起雪兒的一切動向，上網認真收集了雪兒的每則新聞，打

聽到雪兒駐唱的 PUB，自此天天報到、風雨無阻，他總固定坐在第一排中央的座位，靜靜聆聽，熱烈喝采，她一唱完，他就走人。有幾次，他甫入座，服務生便馬上告知他：「雪兒今天生病請假。」他們都知道，他是雪兒忠實的歌迷，沒有雪兒，他不聽歌。

　　沒多久，他就注意到雪兒正急遽憔悴削瘦了下來，鏡頭前、舞臺上的她病容愈來愈明顯益見。面對諸多的關懷，她笑得很天真爛漫：「我在減肥，所以變瘦了嘛。」錄影中途體力不支倒臥在舞臺身上，她虛弱地對媒體解釋：「我從小就有嚴重的貧血……」

　　報章中，對她的病情雖只以「目前還在診斷中」數語帶過，但她不久於人世的傳聞卻在八卦雜誌、網路上和坊間沸沸騰騰地流傳開來。現在幾乎全世界都知道了，只剩雪兒一個人還被矇在鼓裏，仍興致勃勃計畫學好日文赴日發展，三年後向國際舞臺進軍……

　　雪兒的唱片在排行榜上節節跳躍竄升，她的歌迷像細胞分裂般飛快倍增，演唱會一場又一場加演，還是場場爆滿。只要她在

唱罷一曲後面露疲態，所有歌迷便會用心疼哀慟的眼神撫過她汗如雨水的臉龐，有人衝上前遞上手帕面紙，有的甚至當場痛哭失聲。

　　日子一天一天飛逝，他一天一天計算她的死期。馬不停蹄地趕赴她的每場演出，一定坐在最前面，鼓掌鼓得手心通紅也不在乎，他要陪她表演到最後一秒，當雪兒在舞臺上倒下的那一刻，他會以最快的速度衝上臺，見證這個敬業藝人的殞落凋零——即使短暫，也要釋盡熱情、燃罷青春！這樣詮釋生命是何等驚心動魄哪！

　　他要看著她幸福地，闔上眼。

　　半年過去了，雪兒仍在舞臺上活蹦亂跳，曾蒼白無血色的臉蛋開始紅潤豐腴起來。一個月、兩個月又過去了，有關她得癌症是「誤傳」的消息又四處竄動。

　　「我活得好好的，也不知是誰在詛咒我死？」雪兒在盛大空前的記者會上聲淚俱下，鄭重闢謠：「誰會拿這種觸霉頭的事來做宣傳嘛？……」

他沒有再去 PUB 聽雪兒演唱，也不想挽回女友因他迷戀雪兒而離去的心，只是偶爾看到雪兒的報導時，他會忍不住想起「狼來了」的故事。

留不住的故事
————

WHAT IS LOVE
07

有一種愛情，你想遺忘，因為它不值得記憶。

有一種愛情，你不願記住，卻永遠忘不掉。

因為，它太深刻。

到巴黎之前，嘉瑜剛結束一段苟延殘喘的愛情。當感情變成了習慣，是不是有些悲哀呢？戀愛談到索然無味，分手是不是最好的結局呢？她不知道，只是當柏庭提出解除婚約時，她竟漠然聳聳肩，當場把訂婚戒指剝下來，連原因都不想問。

「嘉瑜，妳不怪我、恨我嗎？」畢竟是個老實的男人，他擔心她承受不了分手的打擊。

「怪你、恨你可以改變事實嗎？」她問。看他的臉乍紅成關公，嘉瑜馬上心軟反過來安慰他：「算了，緣盡情滅還有什麼好恨的？」

她明白自己的冷靜淡漠傷了柏庭的心，也明白自己並不像表

現的那樣不在乎。好長一段時間，她必須靠安眠藥入眠，害怕看到熟悉的事物，不敢路過他們常約會的餐廳。她不是冰山，從來不是，她是覆著皚皚冰雪的火山，滾燙的岩漿隨時可能爆發，淹沒所有平靜祥和，吞噬該有的堅強偽裝——

於是，趁未爆發前，她出走到巴黎。

陌生的國度讓人有脫胎換骨的重生感覺，彷彿和過去遠遠、遠遠地隔開，遠得教人忍不住懷疑那段四年的感情是真的存在，抑或南柯一夢而已。

陰陰冷冷、欲雨未雨的天候，是巴黎給她的第一印象。她一擱下行李，便信步踱往塞納河畔，即便時差仍未適應，她還是不想躲在飯店休息，她心中那個被挖空的缺口極盼異國的景緻來填滿。

河畔，不少街頭藝術家，畫畫的，彈奏樂器的，還有表演雜耍的中年男人，他們的自得其樂教人動容，這是個包容各種可能的都市。巴黎，獨一無二的巴黎。

「妳是日本人嗎？」一個年輕的東方男子操著生硬的英文

問。

　嘉瑜搖頭，雖然旅行中陌生人的搭訕已成為風景的一部分，她還是學不會泰然處之。

　「我是巴黎藝術學院三年級學生，我想請妳當我繪畫的模特兒，可以嗎？」年輕男子搜索著僅知的英文，拚湊成斷斷續續的句子。

　為什麼找我？她問。

　「因為妳有一頭長髮，而且是黑的，搭配塞納河淡淡的色調，很……很……」他苦苦思索合適的形容詞。

　嘉瑜沒有猶豫便答應了那個叫里昂的男孩。也許是虛榮心作祟，沒有女人不喜歡被人作畫的，況且，她也是漫無目的的旅遊，給自己一點點任務倒也無妨。最重要的是男孩燦爛如陽的笑容，是那麼似曾相識，依稀撥動了她心底深處的某根心弦。

　里昂會的中文少得可憐，「九歲那年我爸媽離婚，我就離開台灣，和爹地來法國。」里昂的父親似乎十分痛恨台灣，他不教也不准兒子學中文，連台灣兩個字都不能提。「來法國十一年，

再也沒回過台灣。」

「十一年？你二十歲！比我足足小了十二歲呢。」她說。

「怎麼可能？我以為妳頂多二十五歲哩。」他說得真誠。

嘉瑜輕輕笑了，小心不讓眼角細紋洩露歲月的鑿痕。「慶祝我的『二十五歲』，走，我請你吃飯。」

「不，我請。」

嘉瑜不置可否，笑看里昂固執的神情。

里昂天天畫她，畫塞納河畔遠眺的她，香榭大道蓊鬱林蔭下的她，露天咖啡座中托腮沉思的她……不畫的時候，里昂充當嚮導帶她遊遍巴黎每個觀光勝地和博物館。他發現她對繪畫懂得並不少。

「我十幾歲時跟過一位美術系教授學過幾年畫。」

「哦？後來怎麼不學了？」

嘉瑜聳聳肩，不想繼續這話題。有些往事，最好塵封在記憶裏，加上幾道鎖，免得它偷溜出來，磨人。十幾年前，那個學畫的少女嘉瑜的藝術生命早已隨著愛情一起埋葬了，那是她一生唯

一一次刻骨銘心的愛情。後來認識她的男人總嫌她冷淡，其實，她的熱情在初戀便已燃燒成灰，再也無法死灰復燃。

有些花一生只有一次花季，有些人一輩子只能愛過一回，這是宿命。當十九歲的嘉瑜看到那幅招收繪畫班學生的廣告看板時，就已經註定了她無所遁逃的悲劇命運。

教畫的是留法的年輕畫家趙志康，他發掘了嘉瑜太晚被開發的繪畫天分，決定大力栽培她。嘉瑜於是辭掉工作到畫室做他的全職助理，朝夕相處，志同道合，年齡相差近二十歲的兩人竟譜出了一段驚天動地的師生戀。教授的已婚身分是驚天動地的主因，他出身官宦世家的妻子一狀告到嘉瑜傳統嚴肅的父親耳裏，更讓這段不倫之戀自此命運多舛。

「妳居然做出這種傷風敗俗的事來？」嘉瑜的父親怒不可遏。

「爸，我愛他，他也愛我，這是很神聖的事，而且在我出現前，他們夫妻早就已經分居了。」嘉瑜向來畏懼父親的威嚴，這是她長這麼大以來第一次的違逆，是愛情給了她力量。

「妳——簡直不知羞恥。從這一刻開始，我不准妳再跟那個趙志康見面。」氣急敗壞的父親罔顧嘉瑜的哭鬧哀求，將嘉瑜深鎖在房間內。

「爸，時代不同了，我已經成年了，可以自主結婚，你沒有權利囚禁我。」嘉瑜日日夜夜奮力敲著房門。

幾天的絕食，依然軟化不了父親的決心，「我寧願她餓死，也絕不讓她做破壞人家家庭這種傷天害理的事。」絕食無效，嘉瑜便計畫逃家，把被單床罩綁成一長條布索，趁夜爬窗逃出了父親的囚禁，直奔教授的住處。

開門的，赫然是教授夫人。「妳還來做什麼？」

「我……我來找志康。」

聽見自己老公的名字出自另一個女人口中，教授夫人的臉部肌肉不由自主抽搐了幾下，「怎麼？我們已經和好了，妳不知道嗎？前兩天我們還擺宴歡度結婚十二週年呢。」

趙夫人的話如五雷轟頂，讓嘉瑜的心瞬間支離破碎，「不，不可能，不可能。」

「妳別天真了。志康就是愛招惹像妳們這樣的女學生，妳又不是第一個。唉，學藝術的人總自以為浪漫多情，我們做老婆的也只能睜隻眼閉隻眼了。」夫人帶著勝利的眼光瞅著搖搖欲墜的嘉瑜。「對不起，我不招呼妳，我得進去幫志康擦背了。」

　　嘉瑜哭著奔出教授住處，跌跌撞撞逃出三年纏綿的戀慕，從此，把心深深封鎖，不教自己再為愛神傷、為情心碎。

　　「妳很喜歡這幅畫嗎？」

　　里昂的聲音將嘉瑜喚回現實，她才發現自己正站在梵谷的「隆河上的星夜」畫作前。她這一站一定很久了，里昂的臉上有疑惑與關心。

　　往事，原來是頑皮的精靈，即使將它塵封在箱底，它還是不時會溜出來，撥動結痂的傷口，再度淌血。

　　「糟糕，我又餓了。」里昂的胃是只盡職的鬧鐘，時間一到就叮鈴叮鈴響。

　　「走，我們去吃 Pizza。」嘉瑜提議，小心地把往事再鎖進過去。

　　跟里昂在一起，彷彿又回到了學生時代，看畫展，吃速食，壓馬路，自由得像風，快樂得像雲，台灣的種種一切，似乎已是前世的記憶，不復任何意義。

　　涼風將她的長髮撩揚成一層層起伏的波浪，她俯趴在橋沿，盯著自己的倒影出神。昨天，收到柏庭傳來的一長篇復合簡訊，她的心情卻波瀾未興，也許存在他們之間的，友情多於愛情吧，她想。一雙厚實的男人手掌溫柔地將嘉瑜扳面向他，里昂那張稚氣未脫的臉慢慢貼近嘉瑜，他的氣息是春日的和風，讓人不禁沉溺在那種溫暖的吹拂裏，她渴望承受他的潤澤，像久涸的稻田渴望雨水。

　　有多久了？她幾乎已忘記男人身上刮鬍水的味道和身體的溫度。是巴黎讓她沉睡的熱情再度復甦？還是眼前這小她十幾歲的大男孩喚醒了她對愛所有的知覺？和柏庭四年的感情竟抵不過和里昂相處的一個月？走過那段陰霾十餘年的師生戀，嘉瑜冰冷的心終於、再度沸騰、滾燙……

「你要帶我去哪？里昂。」

「跟我走，妳就知道了。」里昂拖著嘉瑜穿過幾條巷弄，來到一棟公寓前，「我父親想認識妳。」

「什麼？不行，我這麼邋遢，會把你爸爸嚇死的。」嘉瑜無措地又摸頭髮又拉整衣服，擔心的其實是另一個問題，年齡問題。

里昂扳緊她的肩膀，穩住她的驚慌，「別緊張，我父親只是想看看畫中的女人而已，這可是我父親第一次誇獎我的作品哩。而且，我希望他能看看我心愛的女人。」

他深情地瞅著嘉瑜，想藉眼神的交流加深她的信心，嘉瑜回望著里昂，深吸口氣，「OK，我準備好了，走吧！」她的表情這樣寫道。

打開門，一個高大的男人正背對門，望著靠牆一幅嘉瑜的畫像。

「爸，這是蘇菲亞。」蘇菲亞是嘉瑜的英文名字。

男人震顫了一下，緩緩地，轉過身來。

不！

嘉瑜險些失聲尖叫出來，里昂的父親怎麼可能是趙志康？她的新情人竟是舊情人的兒子？！

里昂沒有看出嘉瑜眼中愛恨交織的複雜情緒，也沒有嗅到兩人之間緊張的微妙氣氛，一逕忙著介紹兩人。「我爸在台灣教過五年美術……蘇菲亞是我在塞納河畔撿到的珍珠……我去泡壺咖啡，蘇菲亞，妳跟我爸聊聊。」

里昂一溜煙閃進廚房，嘉瑜根本來不及示意他留下。

窒人的靜默，兩人心中卻暗潮洶湧。「你離婚了？」

「離了十幾年了，離婚後我就和兒子移民到法國來。」

「那年妳——為什麼不告而別？」他的語氣中有極深的責備：「我去妳家找妳好幾次，妳父親說妳回南部結婚了。」

「我沒有到南部，我被父親關在房間裏，後來我逃出去找你。」

「哦？」他詫異。

「我碰到你太太，她告訴我你們已重修舊好，我只不過是你

的——逢場作戲。」她淡漠得絲毫不見當年的悲慟欲絕。

「什麼？」他狂亂地撲身向前，箝住嘉瑜的雙肩，「那時她每天到畫室吵鬧，我根本沒住畫室那裏，我完全不知道這回事。」他恍然大悟：「難怪，難怪她會那麼爽快地答應離婚，還無條件把兒子給我，原來——」

「你、你們沒有和好？」

「怎麼可能？我的眼裏根本容不下第二個女人。」志康闇啞道：「當時我不相信妳跑去結婚，妳的臉書關閉了，我上網搜尋、問了所有可能認識你的人，也問不出任何消息，我辭了教職瘋狂地到全省各地找妳，還透過徵信社找妳，可是，妳好像突然從這世界消失了似的。找了半年多，我想妳一定是故意躲著我，不然不可能一點音訊也沒，所以，我燒掉了所有妳的畫像，帶著兒子離開了台灣。」

「天哪！」嘉瑜崩潰地啜泣起來，似乎要把十幾年來的愛恨情仇全部釋放一空。

「嘉瑜，哦，嘉瑜。」志康一把將她攬入懷裏，就像當年在

他的畫室，他把那個年輕的女孩摟進胸臆間。她是嘉瑜，那個教他愛得心痛的女人，她真的是嘉瑜，他沒有在作夢。

她把他的襯衫哭得濡濕了一大片，當她哽咽著抬起頭來時，正好迎上里昂那雙驚愕的清澄眼眸。

機場。嘉瑜拎著簡單的行李匆匆登機，來時是這麼一只行囊，走了也是如此，她多希望自己能「揮一揮衣袖，不帶走一片雲彩」，然而，能嗎？當里昂撞見她哭倒在他父親的懷裏，當志康發現里昂眼中的妒火時，她只一心想著逃出混亂的局面，逃出命運的捉弄，逃出她生命中兩個最愛的男人，逃出一切錯誤迷亂⋯⋯

候機室裡，柏庭的簡訊一則一則叮咚傳來，柏庭說與那女人只是一時鬼迷心竅，說他還是時時惦著念著嘉瑜，他說天天看著嘉瑜歸還的訂婚戒指垂淚，他說如果可以、讓兩人重頭開始。

重頭開始？讓時光回到一個多月前，還是回到十一年前？可能嗎？

飛機在跑道上，緩緩滑行。巴黎，依然陰霾。

有一種愛情，你不願記住，卻永遠忘不掉。
因為，它太深刻。

雪人
———

WHAT IS LOVE
08

那是個興奮難忘的夜，他們舉杯狂歡、放聲高歌，微醺中，她朗聲提議：「明年我們一定要得到冠軍，然後，拿那筆獎金去紐約過聖誕節。」

　　巷尾教堂唱詩班悠揚的歌聲，絢爛了平安夜。

　　「鈴——」

　　門鈴乍然響起，驚得正深陷冥思的她渾身一顫。定了定神，「應該是來報佳音的吧！」她決定不去應門，今晚，聖誕夜，她情願把自己留給孤單。

　　手機裡的相簿檔案中，全是她和培德參加各項滑冰比賽的留影。五年前第一次參賽的生澀緊張，在相片中無所遁形，培德老愛拿這張照片取笑她，「妳看妳，整張臉繃得緊緊的，一點笑容也沒有，好像在參加葬禮喔。」另一張攝於他們獲得全市冠軍領獎時快門按下的當兒，培德正樂不可抑地捧起她的臉狠啄一口。

她下意識撫著臉頰，依稀可以感覺到當時培德印下的餘溫。

還有，另一張照片是去年全國花式滑冰大賽贏得雙人組銀牌後，到培德住處慶功時拍的。他手忙腳亂舉起手機自拍棒，左喬右移、調整角度，不料力道沒控制好，「碰！」他的下巴撞上她的前額，鏡頭正好捕捉到相撞那一刻兩人怪異扭曲的表情。

那是個興奮難忘的夜，他們舉杯狂歡、放聲高歌，微醺中，她朗聲提議：「明年我們一定要得到冠軍，然後，拿那筆獎金去紐約過聖誕節。」

他熱切地響應，「我要在雪地裏堆一個妳的雪人，讓全世界見識我們滑冰女王的風采。」

「嗯，還要把這條象徵幸運的領巾繫上。」她揚了揚脖上的領巾。這條碎花領巾是她的幸運符，只要繫上它就無往不利，她暗暗期待，它也能為他們的愛情帶來幸運。

一整年的苦練，只為傾一次完美的演出。今年全國大賽，她和培德是最被看好的一對，媒體記者還封他倆是「最輕盈的冰上精靈」，視他們為今年金牌的「大熱門」。

比賽中，他們配合無間的動作引來一陣高過一陣的喝采，接近尾聲時，她深吸口氣，奮力一蹬，開始一連串繁複艱深的旋轉跳躍，這些極高難度的花式動作，是他們贏得金牌的關鍵。

　　全場都屏氣凝神，注視著她美妙的飛躍，迴旋……

　　就在她完美無瑕地完成最後一個兩圈沙克與拖路普組合跳，著地的瞬間，陡地，重心失衡，她整個人砰——重重地摔落地上。劇痛刺得她幾乎昏厥，她看見培德焦慮慌亂的臉愈來愈近……

　　錯失了金牌，X光片又宣告了一個晴天霹靂的惡耗：她的腳踝舊傷復發，今後無法再從事激烈的運動，她的滑冰生涯，從此結束！

　　遺棄在病房垃圾桶中的冰靴，是她絕望的心情。她聲稱要靜養，拒絕了培德的探訪，幾週後，她索性寄給他一封分手信與領巾：「我冷靜想過了，我根本不愛你……請不要再打電話或送各種治腳傷的偏方來，你這樣死命糾纏，只讓我更加厭煩。」

　　其實，她是不想做他的絆腳石，她早已耳聞本屆個人組的冠軍得主羅琳琳正力邀培德做她的新搭檔，羅琳琳還大言不慚對媒

體宣稱：「培德和我將會是史無前例的最棒組合。」

這是極難得的機會，有「花滑天后」美名的羅琳琳是眾所公認的天才，自小到大拿過無數冠軍，而向來只單打獨鬥的她居然看上了培德，這將是培德攀登滑冰生涯巔峯的轉捩。

他是睥睨羣倫的鷹，她卻不願做縛絀他的繩，於是，放他自由，留自己神傷，是唯一的路。

「鈴──」門鈴，一點也沒有歇停的態勢，彷彿在考驗門內的耐性和門外的決心。她輕嘆口氣，放棄了掙扎，起身開門。

門外──她不敢相信自己的眼睛！

兩株閃著斑斕燈光的聖誕樹左右佇立，翻飛的雪花飄灑在她的髮間，眉梢、衣襟上……

放眼搜尋，她看見樓梯口擱了一台風扇，吹送著一大箱難以數計的小保麗龍球。一個保麗龍製的雪人在推車上向她移近，頭上圍著的正是她的幸運領巾。

「聖誕快樂！」培德從雪人身後蹦出，遞給她一大捧紅灩欲滴的薔薇。

保麗龍造的雪花紛飛，落在紅薔薇、也落在她盈淚的眼睫上。

巷尾教堂的鐘聲在此刻叮咚地響了起來——

一旁，永不融化的雪人，見證著，他們的愛情。

哭砂

———

WHAT IS LOVE
09

我們喜歡手拉著手漫步綿長的海岸，好像就此可以走到天涯海角，直到地老天荒。

　　層層海浪爭先恐後推擠著向我湧來，在我的腳旁漩成一朵朵燦白的水花。我手中的鬱金香彷彿禁受不住海風的狂虐吹襲，紛紛垂下頭去。

　　這是仲傑最愛流連的地方。仲傑熱愛大海，更愛穿梭浪濤間讓潮水親吻他每吋黝黑的肌膚，他常掬起滿手的細沙傾入我的掌心，任沙粒從他的指縫、再穿過我的指縫滑落，堆灑成地上一座座小丘。我們喜歡手拉著手漫步綿長的海岸，好像就此可以走到天涯海角，直到地老天荒。

　　認識仲傑，是在好友安妮家。他是安妮常提及的鄰居大哥哥，從小安妮就跟在他屁股後面抓小魚、撿貝殼。「小妹死愛黏人的，不敢抓螃蟹又愛跟，有一次還把我們抓了半天才抓到的一整籃螃

蟹都弄翻了。」青梅竹馬讓他們熟若家人，仲傑口無遮攔地逗著安妮：「小時候老要我抱，還死皮賴臉吵著要做我的新娘，差點嚇死我了。」

「哈，那是我年幼無知啊。換成現在，」安妮也不甘示弱反擊，「哈哈，誰瞎了眼才會嫁你哩。」

我笑著看他們你一言我一句鬥嘴，仲傑突地回過頭來對我意味深長一笑，露出一口夠格拍牙膏廣告的潔白貝齒。

翌日，他藉口借書登門來訪，然後自告奮勇要教我這旱鴨子游泳，「有我這名師調教，包妳如魚得水。」

「哪有人死賴著要當人家老師的？」我糗他。

拗不過他，一向有「恐水症」的我就這樣被他拖下水了。

波光瀲灩，他在水裏悠游宛如一尾自在悠遊的魚；日子來去，情愫在潮來潮往中悄然滋生；甜蜜幸福，是我們相愛的心情──直到安妮二十三歲生日那天。

當我和仲傑相偕出現在安妮家客廳時，安妮臉上閃過一抹異樣的神采，她笑得十分牽強地接過仲傑遞上的花束和音樂卡片。

招呼我們和她的朋友認識，她旋即抱著花轉身走進臥房，良久，我進去安妮房裏想借洗手間，發現她正背門佇立桌前，我促狹地躡腳欺近她，還來不及嚇她一跳，便察覺她將音樂卡片貼在胸前，神情迷離。

我乾咳一聲，刻意讓自己的聲音聽來平淡自然，「安妮，音樂好聽嗎？」

她攤開卡片，琤琮的生日快樂歌立刻流竄而出，幾秒後，她陡然啪地闔上卡片，「一次聽一下下就好，不然，它很快就不能唱了。」她像捧著稀世珍寶般小心翼翼將卡片放進抽屜，抽屜裏還有好幾張泛黃的卡片和他們的合照。

我的猜疑果然沒錯，安妮對仲傑，不是兄妹之情。

生日宴會散後，在仲傑送我返家的路上，「安妮愛你，你知不知道？」

「少瞎猜了，我從小看她長大，我們就像兄弟姊妹一樣……」

「你們男人不懂的，她真的愛上你了。」我把自己的觀察一五一十告訴仲傑，見他仍一臉「怎麼可能」的表情，我又急

又惱，賭氣地下了最後通牒：「反正，你一定要跟她說清楚，除非──除非你想腳踏兩條船。」

我承認，在捍衛自己的愛情城堡時，女人總免不了草木皆兵。

數日後，仲傑告訴我他約了安妮，那是我最後一次見到他。後來，透過新聞報導和目擊者的陳述，我支離破碎地拼湊出了當時的經過。

他們相約至海邊談判，仲傑直率而不知修飾的措辭，激得安妮傷心又難堪，惱羞成怒的安妮憤然甩了他一記耳光，仲傑氣得掉頭走開，待他聽見呼救聲時，安妮已深陷海中載浮載沉，仲傑不假思索地縱身入海，幾個大浪襲來，將他們捲入更深處……

漲潮了，海水驟升到小腿，濺起的水花打濕了我的裙角。我把鬱金香拋擲到海面上，讓無情的浪潮將花兒吞沒，就像去年此時它吞噬了仲傑一樣。今天，是仲傑的忌日。

不遠處，幾個孩子嬉鬧地築著沙堡，頑皮地將一隻螃蟹放進城牆裏。我想像著小時候的仲傑也是他們其中的一個，那麼，他一定會鬧著要找隻螃蟹給城牆裏的那隻「做伴」，他是那麼熱情

而又害怕孤獨，他常說他最不喜歡看有情人被拆散的悲劇，「還是童話故事好，最後一定是王子和公主從此過著幸福快樂的日子，多教人開心哪。」

「那是騙小孩的，真實的愛情哪有那麼簡單美好？」

我笑仲傑太天真，他卻依然那麼認真、那麼執意相信，那麼……霍地，一個身影打斷了我的思念緬懷，震得我無法動彈。是安妮！那時仲傑為了救她而淪為波臣，她卻幸運地獲救存活下來，之後我們就失去了聯繫。仲傑的死，讓我們無法面對彼此。

她也發現了我。我們就如此遠遠對峙著，任海風狂嘯、浪濤洶湧。

似乎過了一世紀，我困難地舉步，緩緩走向安妮，緩緩伸出手，和她的手緊緊相握。

與其怨懟，不如讓我們互相原諒吧！

安妮淚光晶瑩，指著夕陽下閃著粼粼金光的大海：「妳看，仲傑正在看我們。」

我看到了，海面上跳躍的光點，是仲傑深情的眼睛。

女人何苦為難女人

———

WHAT IS LOVE

10

做一隻被豢養慣了的金絲雀，原來也是一種悲哀，

面對生活，再不甘心，也不得不用一紙離婚證書來換取一份贍養費。

她的生存，他的自由。

也或許，他的無情，她的解脫。

青春，沒什麼好驕傲的，因為，你會老去，而我，也曾年輕。

「妳不會永遠二十三歲，不會永遠年輕、永遠貌美的。」

當碧霜狠狠撂下這句話時，她心中的嫉妒其實遠多於憤恨。

她嫉妒艾媚全身洋溢的青春，那是完全不必顧慮笑得太倡狂會有皺紋的放肆，那是不需胭脂紅粉就嫣紅動人的美麗，那是她曾擁有、如今再也尋不回的輕狂年少。

雖然，她一直小心翼翼不教歲月留下印記。每月到沙龍做臉

一次,每週三堂的韻律瑜珈,定期醫美診所的療程保養,讓生過兩個小孩的她仍保有光滑透亮的肌膚與穠纖合度的身材。很多人都猜她比實際年齡小十幾歲。

「老囉,孩子都唸大學了呢。」她輕輕地抿嘴笑道,免得眼角細紋洩露了老態。

再多保養又如何?歲月是不容辯白的,五十二歲就是五十二歲,看起來年輕也只是「看起來」而已。

「這是一半的贍養費,剩下的一半和孩子的衣物,我會叫人送去。」沈楚伸把手上的支票遞給碧霜,眼裏只有漠然,沒有一絲情分。

艾媚站在由碧霜一手佈置打點的客廳中,以勝利者的姿態挑釁地睨著碧霜。

「有空來看看孩子,不管怎樣,你總歸是他們的父親。」碧霜道。

「楚伸──」艾媚尖起嗓門嚷道:「待會設計師就要來了,你還在那兒磨蹭?真想不通你當初怎麼會把房子裝潢得這麼老

土，看來你以前的『眼光』挺爛的呢。」艾媚故意上下打量碧霜，把眼光二字說得語帶雙關。

碧霜不理她，兀自對楚伸交代，「老大下個月的碩士畢業典禮，你答應過要去的，雖然他還在賭氣，可是……」

艾媚猛然欺身過來，摟上楚伸的頸項，啪地印上一記響吻，然後轉身面向碧霜，誇張地嚷叫起來：「哎喲，沈媽媽，哦，不對不對，我應該叫你趙小姐才對。妳年輕時一定長得很標致，但是，唉──」她做作地長歎一聲，「只可惜保養得不好，妳看，眼角唇邊好多皺紋喔。楚伸付妳那麼多贍養費，妳該拿一些去拉皮美容，這樣也比較好找個人再嫁啊。」

艾媚揮掉楚伸的制止，惡毒地補上一句：「不過，哈！男人很少會對五十幾歲的女人感興趣的哩。」

碧霜沒有被撩撥激怒，半年多來的身心煎熬，已教會她如何自衛和反擊。

「時間是很公平的，每過一年，我們都會老一歲。妳不會永遠二十三歲的。」碧霜口吻冷得一如冰窖的空氣，「妳也會變老

變醜、變出很多皺紋黑斑來，如果不短命的話，妳也會活到我的
年紀，甚至活到變成七老八十的老太婆。」

未料向來口拙的碧霜會唇槍舌劍反擊過來，艾媚臉色鐵青，
久久接不上腔。

冷冷瞅了艾媚和呆若木雞的楚伸一眼，碧霜拿了支票，決然
地走出了她經營二十幾年的家，和婚姻。

前塵往事啊，恍惚若夢，卻又依稀歷歷在目……

背叛，往往不是一次偶然，而是一種習慣。

第一眼看到艾媚，碧霜就喜歡上這個伶俐懂事的漂亮女孩。

客廳裏，小女兒若涵和一大羣同學瘋狂地嘻鬧慶生，只有艾
媚老是溜進廚房幫忙，「沈媽媽，讓我來洗碗吧。我從小在孤兒
院洗碗可是出了名的又快又乾淨呢。」

「那怎麼可以？妳去玩吧，這兒有我與王媽就夠了。」

「我跟若涵情同姊妹，您就不要跟我客氣了。這盤水果要端

出去嗎？」

「唉，我們家若涵要是有妳一半乖巧就好了。」

「哦——說我壞話喔。」若涵不知何時竄進廚房，「媽，妳既然這麼喜歡艾媚，那叫哥娶艾媚嘛，這樣我多一個好嫂子，媽多一個乖媳婦，多好！」

若涵的提議把碧霜逗笑了。看著羞窘不堪的艾媚，碧霜想，假使能將內向害羞的兒子語宸跟艾媚湊上一對，應該是不錯的主意吧。

所以，幾個月後當若涵提出讓艾媚暫住沈家時，並沒有引來任何反彈異議。

「艾媚的房東把房子賣了，要她搬家，一時之間也找不到合適的房子。」晚餐時，全家人難得聚在一起，若涵徵詢意見：「我想，學期結束前先讓艾媚住我們家，一來上下學有伴，不怕歹徒；二來有艾媚伴讀，我也比較唸得下書嘛。」

「我看是叫艾媚幫妳抄作業、做筆記比較方便吧。」語宸忍不住揭起妹妹的底。

「你別不識好人心喲，我這樣做，你不正好可以近水樓台？省得艾媚每回來我們家，你就啥事也不幹，癡坐在門口等著送人家回去，每次藉口都一樣，」若涵粗起嗓子學著語宸的口氣，「咳咳，『我剛好要去那附近，順道送妳吧！』哈哈，還真湊巧呢。」

在若涵力邀下，艾媚住進了沈家，而且，很快擄獲了全家人的心。碧霜喜歡艾媚的靈巧貼心，語宸戀慕艾媚的美豔聰慧，連爸爸楚伸都對艾媚寵愛有加，教若涵不禁吃味起來，「爸從歐洲回來只送人家一個布偶，送艾媚的卻是一套香奈兒衣服，偏心！」

「傻小妞，艾媚從小無父無母，多可憐！爸對她好一點也算替老天補償她嘛，再說，妳衣櫃的名牌服飾還不夠多嗎？」

直到碧霜赴美參加大哥葬禮返台，她才發覺，楚伸對艾媚，不只是寵愛！

碧霜怎麼也沒料到，提早一天的班機，原想給大夥兒驚喜，卻給了自己一個驚嚇。躡手躡腳走進家門，竟空無一人，貪玩的若涵顯然又和男友狂歡忘返了，語宸房門上貼了字條說今晚待在

實驗室不回來，艾媚的房裏也一室漆黑，只有主臥房隱隱透出微微光亮。

碧霜旋開門把，赫然躍入眼簾的是——

兩條赤裸的人體！楚伸和艾媚，就在她的床上！

震驚，使得三人都說不出話來，良久，碧霜才崩潰地嘶吼出聲：

「為什麼？為什麼是妳？為什麼——在我的床上，你們為什麼要這樣侮辱我……」

「碧霜，我……」

「你以前在外面拈花惹草，我可以睜一隻眼閉一隻眼，但為什麼要在家裏？在我們的床上？」碧霜雙眼淒厲望進楚伸的眼底，「為什麼是她？她是你女兒的同學，你兒子的女友哪——」

這場驚天風暴，將沈家捲入萬劫不復的深淵中。語宸不發一言搬了出去，若涵又哭又鬧撲上前掌摑艾媚，卻教楚伸嚴厲地揮開，力道一失控，若涵結結實實地挨了楚伸一記巴掌。

「你從來不打我，現在居然為了她打我？我恨你，我但願沒

有你這樣的爸爸，我、我但願你死掉——」丟下了詛咒，若涵也丟下了父女之情。

縱然妻離子散，楚伸依舊執迷不悟。和艾媚住進飯店十幾天後，他終於踏進家門。

「碧霜，我們離婚吧！」

原以為楚伸回頭求和，未料竟是回來提出離婚，瞬時，怨懟氣惱直衝上碧霜的腦門。

「我不會離婚的，不會教你和那女人好過的，沈楚伸，你聽清楚，我、不、會、離、婚！」

「妳——」揚起的手憤然甩下，「好，隨妳便，離也好、不離也罷，我都要和艾媚在一起。我就不信鬥不過妳。」

男人一旦變了心、絕了情，縱使親情真愛也喚不回。楚伸斷絕一切經濟的支援，連語宸、若涵要繳學費都置之不理，存心放碧霜母子三人自生自滅。

但最磨人的是，艾媚的寸寸進逼。她數度登門要求碧霜「退讓」，「楚伸已經不愛妳了，妳為什麼還緊抓著他不放？」「老

公都不要妳了，妳怎麼還有臉活著？」她的話像一把利劍，直直刺入碧霜的心口。在碧霜拒絕開門後，艾媚開始日日夜夜電話騷擾，弄得碧霜精神耗弱，常被午夜鈴聲驚得一夜難眠；好不容易睡著，楚伸決絕的神情、艾媚囂張的笑聲，總入夢成折磨。有天早晨，碧霜一打開門，就被門外一尾斷成數截的死蛇嚇得魂飛魄散；還有好幾次，打開信箱，赫見幾張沾血的冥紙⋯⋯

　　依賴鎮定劑，煎熬了近半年，在私房錢和存款都已用罄後，碧霜終於還是向現實做了妥協。

　　做一隻被豢養慣了的金絲雀，原來也是一種悲哀，太養尊處優，讓她和一雙兒女都失去求生的本能。面對生活的困境，再不甘心，也不得不用一紙離婚證書來換取一份贍養費。

　　她的生存，他的自由。

　　也或許，他的無情，她的解脫。

青春，是生命最大的本錢，只可惜太容易貶值。

沒有回頭，走出律師事務所，碧霜告訴自己，她不要再依賴任何人了。

依賴，是包裹糖衣的毒藥，一旦上癮，便容易教人變得脆弱無能，變成另一個人的奴隸，不惜出賣靈魂、放棄尊嚴，只求撒旦的施捨！

她不想再度成為撒旦的奴隸。不管是金錢，或者情感。

碧霜利用大半的贍養費，與朋友合夥開了家健身中心，日子就在忙碌充實中，匆匆流過。九年後，碧霜桌上的電話響了，話筒那端哭哭啼啼向她求救的是──

健身中心附近的咖啡廳裏，艾媚雙眼腫如核桃，已是三個孩子的媽此時卻無助得像個小孩。

「我真的不曉得該怎麼辦？我沒有親人朋友，想來想去，只能找妳了。」艾媚困窘地說道：「我以前做了很多對不起妳的事，根本沒資格來求妳幫忙，可是……」

碧霜面無表情瞅著艾媚，她很清楚，如果不到最後關頭，如

果不是六神無主了，艾媚不會找上她。

「楚伸他……居然跟公司小妹搞上了，還買了間套房同居，連家都不回了。我會同員警去抓姦，可是都不得其門而入，因為那賤女人死也不開門。」艾媚說得咬牙切齒：「那狐狸精還打電話來示威，叫我乾脆離婚算了，哼，長得也不怎麼樣，說身材也沒身材，就只仗著年輕！才十九歲呢，做他的孫女都綽綽有餘呢，楚伸他……太過分了！」

「那妳現在準備怎麼辦呢？」再多的愛恨糾葛終也會被時間沖刷殆盡，變得浪靜無波。此時，碧霜只是個看戲的旁觀者。

「我也不知道，反正我絕不離婚、絕不讓那狐狸精得逞，幸好我早把房子過戶我的名下，也存了不少私房錢，而且……」

碧霜的手機打斷了艾媚的咕噥。「黃太太……妳真愛說笑，那有甚麼問題呢……哈哈……」碧霜自在恣意大笑起來，毫不顧忌臉上爬竄的笑紋，「OK，我馬上過去。」

掛上電話，碧霜歉疚地對艾媚道：「我有事必須先走了，對不起，幫不上忙。」

　　碧霜付了帳，留下艾媚一個人，獨自面對一切。有些事，旁人是幫不了忙、出不了主意的。

　　咖啡廳外，豔陽亮燦燦地兜頭兜腦潑灑了下來，碧霜昂首自若地走進喧擾的人羣中。而艾媚最後那句話，仍在碧霜耳際嗡嗡作響：

　　「就仗著年輕？我就不信那狐狸精能年輕多久，她不會永遠十九歲的……」

非常報導
———

WHAT IS LOVE
II

什麼是事實？

當我們以為自己看到真相時，也許，我們正在貼近謊言。

她寫情寫愛，寫紅塵男女在情海中翻滾顛沛的種種，不同於一般的小說，她寫的都是真實的故事。至少，她一直希望能盡量接近真實。

為了每週見報一次的專欄，她四處明查暗訪哪裏有感人肺腑、曲折離奇的愛情故事，有時連做夢都夢見自己拉住路人：「小姐，妳有傷心往事嗎？」、「歐吉桑，你願談談你的初戀嗎？」……

那次，她採訪了一個在東區擺路邊攤賣女裝的小販李健。

「離開第一個女人，是為了愛；讓第二個女人離開，卻是因為不愛。」李健眼中盡是滄桑，遣詞用字文雅得像個文人：「愛上你沒資格愛的人，只會換來無盡痛苦；被你不愛的人愛上了，

則是更多的無奈和不忍。」

他劈頭幾句話，說得她有些動容。雖然長得非常抱歉，但該是一個深情的男人吧，她直覺地想。

他說，他的初戀情人，也是他今生唯一的最愛——秀華，是他讀大學時的校花，他們相愛極深。有一回有個小混混調戲秀華，他一氣之下狠揍小混混一頓，結果隔天上了報，電視記者蜂擁擠爆了校長室，他就這樣被退了學。

提前「畢業」後，他去餐廳當服務生，賺的錢都用來買禮物送她，出身豪門的秀華從不知一套名牌衣服就花掉他兩個月薪水，他卻心甘情願寵她、滿足她，為此縮衣節食，也甘之如飴。

一天，秀華的母親來找他，求他離開秀華，「我們全家要移民加拿大，她卻為了你不肯走，秀華還年輕，有著大好前途……」

李健答應了秀華母親的懇求，為了讓愛人飛得更高，他寧願辭去工作、斷絕一切音訊，做個傷心的「負心人」。

「十五年了，我還是隨身攜帶她的照片。」李健打開皮夾，取出一張護貝過的泛黃照片，是一個清麗女孩的獨照。

　　看看相片中的女人，再抬眼對照眼前的男人，美女果然配醜男！她暗忖道。

　　「沒有你們的合照嗎？」為了掩藏自己刻薄的想法，她隨口一問。

　　「呃……沒有，我不喜歡照相。」李健答得有些困窘。喝了幾口咖啡，他繼續述說這段陳年往事。

　　後來，輾轉得知秀華嫁給了溫哥華一位華僑，他卻始終未能忘情秀華，一直單身至今。十五年來，死寂孤單的心情未曾波動，直到半年多前，在住處附近碰到了「傻女」。她有輕度智障，一個人流浪街頭，他看她又餓又髒，於是收留了她，也讓她幫忙叫賣。也許是傻女純真又憨直的笑靨博得了顧客的信賴，女裝生意一天比一天好。只是，作夢也沒想到，傻女竟然對顧客說他是她「老公」，驚得他當場銅板灑了一地。

　　「我不是看不起她，而是不想引起一些誤會。」

　　他給了傻女一筆「資遣費」，狠下心趕走了她，不願她陷得太深。

在這篇報導中，她特意加重了李健對秀華的情深和對傻女的義重。專欄和李健照片甫見報，她就接到好幾通「檢舉」電話，有自稱是李健的大學同學，說他根本沒追上校花廖秀華，被退學是因為吸食強力膠和打架；有人說李健是個「寧可追錯，絕不放過」見一個追一個的花心蘿蔔，至少談過十次戀愛，只是每次都被甩⋯⋯

以真實人物的情愛為題材的報導，總免不了引來一些對當事人的攻訐或負面回應，她早習以為常。直到一位新聞同業打電話來。

「什麼照顧？照顧得那女孩墮胎好幾次呢。」話筒一端，同業的語氣慷慨激昂：「他們去我姊上班的婦產科診所要拿孩子，每次男的帶女孩進來不是狂打她就是罵她，後來，我姊實在看不過去，還跟那男的大吵一架，那男的居然想動手打我姊⋯⋯」

真的被李健騙了嗎？她執著不肯相信。

透過一些關係，查到李健的住處，她決定親自走訪一趟，非弄個水落石出不可。

　　老舊大樓的管理員一聽到「李健」的名字，就滿臉鄙夷。

　　「這傢伙，我一眼就看出他不是好東西。自從他帶那女孩回來後，我就常聽到那女孩又哭又叫的，說真的，那女孩雖然有點『阿達』，可是長得挺標致的哩。有次，我去收管理費──」管理員刻意壓低嗓音，湊近她的耳朵，「從門縫中看到那女孩……光溜溜地趴在地上，脖子上還繫條狗項圈呢。真的，我不騙妳哦。」

　　管理員說著高舉起右手，作勢要發誓。

　　「後來呢？那女孩到哪去了？」

　　「可能是鄰居聽到女孩的尖叫去報案了，後來管區員警來了一趟，隔天他好像就把那女孩趕走了。」

　　謝過管理員，她黯然地走出了那棟舊大樓。雨，不知何時開始下了起來，落在她的臉上，苦苦的。

把 心 敲 一 敲

———

WHAT IS LOVE

1 2

　　喜歡你的心，你不懂。於是，我撒下天羅地網，布了溫柔陷
阱，一切，只因──喜歡你。

　　他們並肩步入餐廳，迎面整片牆的鏡子讓室內得以一覽無
遺。放眼梭巡了幾遍，沒瞧見約定中穿藍外套的女子。

　　在侍者帶領下，兩人落了坐，小婷好奇地東張西望：「政帆，
怎麼沒看到你的網友『玉麗』？」

　　「應該還沒到吧？」政帆聳聳肩，「和她網路交談了三個多
月，視訊過好幾次，但是也不確定本人與照片影片有沒有差很
多………」

　　「小心喔，網路交友騙局多！」小婷危言聳聽道：「很多說
自己長得很絕色、身材一流，真正的解釋可能是：絕對談不上姿
色，身材一點也不入流哩；說自己飽讀詩書，唉，搞不好讀的都
是鹹「濕」的漫畫書呢。反正躲在鍵盤後誰也不認識誰，大家就

放膽瞎掰、唬死人不償命。而且視訊可以美肌修圖，醜陋大媽也修成無敵美少女，恐龍長相可以變得國色天香，嘿嘿，說不定這個『玉麗』長得很……」小婷做了個吊眼歪嘴的鬼臉。

「那不重要，她吸引我的是那份心有靈犀的默契。妳知道嗎？不管跟她談什麼話題，她都能馬上心領神會，舉一反三，真是聰慧得教人驚喜連連。」

「嘖嘖嘖，你真的變了，居然懂得欣賞女人的內涵了？」她糗他。

以前，她不只一次問過他喜歡什麼類型的女孩。「長髮，鵝蛋臉、靈氣大眼、說話輕聲細語……」他一口氣說了七、八項條件，都是男人心目中白雪公主的標準樣版，顯然，也都不是小婷可以歸類進去的典型。

不過，他們卻從大一被分配到同一組 Case study 後，便因投緣而結成莫逆。政帆總會毫無保留地和小婷分享他的情場戰績，甚至將小婷視為「軍師」共商追求策略，政帆追歷任女友的情書幾乎全出自小婷的生花妙筆，送女生禮物也多靠小婷張羅打點。小

婷常不只一次埋怨：「沒看過像你這麼笨的男生，約完會後也不送女生回家，送花竟然送劍蘭，幹嘛啊？ 初一、十五拜拜啊？」

雖然有小婷當參謀，但政帆不夠出色的外表，加上口才拙劣，以致幾年來的數場戰役全部慘遭滑鐵盧。尤其最近和公司同事的那場持久消耗戰，他投入最深、用情最重，好不容易感情已進入穩定期，何晴芳的前任男友居然回頭要求破鏡重圓，對舊愛仍念念不忘的何晴芳就當政帆的面，決然跳上前男友的機車揚長而去。

這場戰役輸得政帆潰不成軍，他夜夜藉酒澆愁，醉了就跑來向小婷傾訴，哭鬧累了便碰地一聲醉臥小婷的床上。月光迤邐在政帆熟睡如嬰孩的臉龐，她拂去他殘留的淚痕，一夜無眠。

她明白，政帆一直只當她是「哥兒們」。

政帆情海翻覆的洶湧波濤，沒想到竟因「網路交友」而平復無波。教小婷不知該喜該悲？

「怎麼還不來？」小婷不耐看看手錶：「我去洗手間一下。」

就在小婷離座後未久，政帆的手機響了。

「于政帆嗎？我是你的網友玉麗。」話筒一端是鼻音濃濁的女孩聲音：「我重感冒了，無法赴約……」

當小婷回座時，政帆的表情十分詭異難懂，似笑非笑的：「我的網友，嗯，她說她感冒不來了。我們走吧。」

走出餐廳，天空正飄著濛濛細雨。政帆毫不遲疑脫下外套，覆住小婷的頭髮：「披著，免得淋到雨了。」小婷像看外星人般詫異地瞅著政帆，他從不曾把小婷當需要保護的女性看待，這般細膩溫柔的舉措似乎只有面對嬌滴滴的何晴芳才會出現。

她一骨碌坐上政帆的機車後座，自然地把臉緊貼在他寬大厚實的背上，感覺他的體溫正透過厚厚的衣服傳遞出來。任憑雨絲紛落，冷風呼嘯，她只希望，此刻，路沒有盡頭……

她聽到了流水淙淙，是學校後面情侶最愛流連的河堤。政帆停下車，雨也不知何時歇了，被雨水洗滌過的落日，燦紅斑斕如少女含羞帶怯的容顏。

他揚手耙過自己的亂髮，接著伸過來梳理她的，「其實，短髮也很俏麗迷人。」他說，笑看她一臉呆愕，「妳——到底還要

玩我玩多久?」

「啊?什麼?」她心虛地閃躲他的逼視。

「剛剛我接電話時,從鏡子反射中看到妳在廁所旁捏著鼻子講電話。」他的眼神柔情似水:「小婷、玉麗,亭亭玉立,我怎麼沒想到呢?」

政帆笑著將困窘地捂住臉的小婷圈進懷裏。眾裏尋他千百度,原來,最合適的人就近在咫尺。

還好及時醒悟猶未晚,他對自己說。

遠遠的天際,浮現一道絢爛的彩虹,雨過,天晴了。

千紙鶴
———

WHAT IS LOVE
13

　一張張的紙，自她的手中蛻變成一隻隻的紙鶴，疲累得幾近虛脫時，她會看看桌上齊明的照片和各式石子，它們會為她注入新的能量，讓她得以繼續咬牙苦撐下去。

　八百九十二！

　近九百隻紙鶴散落在她的四周，她的雙手因持續折著紙鶴而紅腫不堪，儘管如此，她的動作仍未曾稍停。

　第五天了，齊明失蹤已經五天了，搜救隊還在山中做地毯式的搜尋。山上，入夜後氣溫甚低，再加上齊明所帶的糧食不足，時間愈久，大家對齊明的生還愈不抱樂觀。

　「齊明一定會活著回來！」當齊明脫隊失蹤的惡耗傳來，她就一口回絕所有親友的勸慰，「不要再教我節哀順變，也不要教我看開點，我告訴你們，齊明不會死的！」

　她待在山下臨時成立的搜救中心，不吃不喝地苦苦等待著。

旁人勸她進食，她一逕搖搖頭：「齊明現在一定也沒有東西吃，我要陪著他，苦也一起嚐。」

　　幾天幾夜搜尋下來，搜救小組的回報仍一成不變：「沒有任何發現！」

　　等待的難熬時光裏，她急遽憔悴瘦削下來，即使疲憊已極，她還是瞪著兩顆圓溜溜的眼珠，緊緊盯著搜救組長與隊員的通話，她在等著，等齊明生還的消息。

　　「妳回去休息，我保證一有任何狀況，一定第一時間通知妳。」

　　在組長的堅持下，她返回獨居的套房裏，謝絕好友陪伴，她開始日日夜夜折起紙鶴。

　　是這樣的傳說：

　　「折滿一千隻鶴，你的心願就會實現！」迷信也罷，荒謬也無所謂，只要能讓齊明平安歸來，她都願意一試。

　　一張張的紙，自她的手中蛻變成一隻隻的紙鶴，疲累得幾近虛脫時，她會看看桌上齊明的照片和各式石子，它們會為她注入

新的能量，讓她得以繼續咬牙苦撐下去。照片中齊明的身後，是一大片波瀾壯闊的雲海，而那些石子是齊明給她的「愛的禮物」。

　　知道她自小身體羸弱，每回登山他就會為她帶回一顆特別的石子，「不能親身攀登高山，至少可以藉著石子領受一下高山的磅礡雄偉啊。」齊明還在行囊裏放了她的照片，「這樣妳就可以跟我一起飽覽羣山峻秀。」

　　征服山，是齊明的夢想；石子，是他對她的愛。

　　「齊明不會丟下我的。」她邊折著紙鶴邊篤定地對自己說。再過兩個月，他們就要結婚了，齊明答應要為她帶回一顆最美的石頭，做為結婚的禮物。他從不騙她。

　　九百三十一隻！

　　她眼前一陣昏黑，牆上的畫、書架、茶几、杯子都失重飄盪了起來，「不！不能停！」對齊明的愛的意念，是她唯一的動力。

　　她，不能停！

　　齊明出發的前一晚，她眼皮狂跳了整夜不止。

　　「不要去，好嗎？」她有不祥的預感。

「小傻瓜，我們全隊都是很有經驗的登山老手，不必擔心，嗯？」

　　她應該阻止齊明的。

　　九百八十六隻！

　　她的手指不能控制地顫抖著。……

　　九百九十八隻，天地開始急遽旋轉不止，她眼前的事物愈來愈看不分明……

　　突然，一隻，一隻的紙鶴騰空飛舞了起來，飛出她的房間，飛向山之巔、雲之端……

　　「齊明？你回來了？你……」她喜極而泣投入齊明的胸膛，「害我擔心死了。」

　　「我不是說過不用擔心嗎？我只是不小心摔落山崖而已。因為我看到這顆嵌在崖邊的圓石，在陽光照耀下閃閃發光，好美，就像妳清澈晶亮的眼睛，所以，我想撿來送給妳。」

　　齊明把一顆晶亮的石頭放在她的掌心。

　　她的眼底又升起了一層水霧，「答應我，下次不要再做這麼

危險的傻事，你，才是我最珍貴的寶石。」

「我保證！」齊明舉起右手發誓。

圓石在兩人交疊的手中，微微發著熱……

電視新聞發出了快報，山崖邊，發現了齊明的屍體，他的掌中還緊握著一顆晶瑩剔透的石子。

文學之狼現形記

———

WHAT IS LOVE
14

完事後，他不會像大部分男人立刻抽身吸事後煙，他總會深情地凝望對方，黯然淒楚道：「讓一切停格在這一刻吧，我們不能再相見了⋯⋯

他實在愈來愈喜歡作家這個頭銜了。

以前，作家總被歸屬為高尚有餘但收入有限的族羣，不過，自從幾位名嘴作家跨行主持電視節目、又拍廣告又到處演講，而且行情不亞於明星後，作家給人的印象已從「兩袖清風」變成「非常拉風」名利雙收的行業了。

雖然他寫的書銷售平平、又向來與各類文學獎無緣，但託那些名作家之福，他的社會地位也跟著水漲船高起來。現在，只要一亮出「作家」這個身分，對方（尤其是年輕小女生）就會像看到一座金山似地眼睛一亮：「哇，好厲害喔，我最崇拜作家了。」

被誤判為「高收入一族」而備受尊崇，只是附加效益而已，最大的好處是只要頂著「作家」的光環，管你暢不暢銷、入不入流，許多喜歡附庸風雅或自以為很有書卷氣質的女孩便會蜂擁而來，這就是為什麼他那麼熱衷而且甘心低價到校園演講的主因。

　　當他在台上口若懸河地賣弄那些他講了不下數百遍的笑話和內容時，總會收到不少愛戀崇拜的目光，演講尾聲他照例從中選出較具姿色的幾位問些問題來送書（反正他的書庫存一大堆，不送也浪費），會後，她們多會前來請他簽名題字。

　　「妳平常喜歡看什麼書呢？」他邊簽名邊親切詢問：「我有這作家早期的書可以借妳。」或者，「這樣好了，找個時間我介紹妳看一些書，嗯？」

　　有些女孩會自動送上門，「我的戀情非常淒美感人，我希望你能把它寫出來。」

　　大部分的人都以為自己的愛情最驚天動地、獨一無二，他早習以為常，但是，他還是會裝出十分感興趣的表情：「太好了，我正在搜集感人的愛情題材，明天，明天我打電話給妳，我相信

妳的故事一定很精采動人。」

　　他通常會刻意在約定過後五、六天才打給對方，對方接到他遲來的電話多半會喜出望外，而不及細想就答應他約在某飯店附設的咖啡廳見面。

　　「延宕會加強期待與驚喜，」他常對朋友炫耀自己的獵豔本事，「等個幾天，會教對方以為你失信了而悵然若失，這時再打給她，她高興都來不及了，哪有心思顧及矜持或其他的事呢？」

　　飯店樓下的咖啡廳裏，多的是成雙成對剛辦完事，或辦事前先培養情緒的情侶。他總會挑選坐在陰暗的角落，佯裝很用心、很入戲地聆聽每個女孩講述自以為很感人肺腑的戀史，雖然幾乎清一色都是八點檔連續劇般的陳腔爛調，但說的人卻常被自己感動得泣不成聲。

　　「乖，別哭了，臉都哭髒了。」他溫柔地安慰女孩，然後以一派正人君子的口吻：「如果妳信得過我，我們到樓上房間去，妳可以先洗把臉，然後更盡情地發洩傾吐，這樣也不怕別人側目，對不對？我真的很想更深深進入妳的內心世界，寫下這個故

事，不過假使妳信不過我，覺得不方便……」

　　就這樣，不少天真無知的文藝少女便在「闢室密談」下成了他的「餘興節目」。

　　他也沒有讓這些愛做夢的女孩失望，當她們哭得梨花帶雨時，他會邊摟著她們柔聲安慰，邊誘引地唸誦著言情小說中肉麻的對白，藉以營造愛濃情重的氛圍，例如：「妳把我的心都哭疼了」、「如果傷痛可以轉移，我會義無反顧地為妳承接下所有痛苦」……

　　完事後，他不會像大部分男人立刻抽身吸事後煙，他總會深情地凝望對方，黯然淒楚道：「讓一切停格在這一刻吧，我們不能再相見了，因為我的愛已祭祀給了文學，無力也無法給妳任何承諾。請不要跟我聯絡，不要破壞這份美好，好嗎？」說到這兒，他會努力擠出兩滴淚：「但，我要妳記住──妳是我生命中最特別的女人。時間會過去，而妳，是我心底永遠的烙印。」

　　偶爾，他會在報章發表一、兩篇追念情人的煽情纏綿短文，讓每位曾蒙他「寵幸」過的女孩竊自以為是故事裏的女主角。好

幾個女孩就曾寫信或上出版社官網留言（為避免糾纏，他當然不會讓她們知道他的住處地址與手機號碼），表示收到他「愛的告白」了，語中對他仍眷戀不捨。

哈，女人真好騙，他從不懷疑。

直到出版社急電要他去一趟，他才發現他錯估了女人的清「蠢」。

社長的電腦跳出了數張他的裸照，相片中的他雙眼緊閉、嘴巴大張，醜態畢露。

「誰……是誰做的？」

手忙腳亂地打開隨照片附寄的內文：「本想將這些照片寄給各大媒體，不過像你這種名不見經傳的小作家，媒體一定不感興趣，所以只好寄給你，讓你自己欣賞典藏吧。P.S. 這些精彩照片將在你的演講會場上免費贈送！」文末還載明他未來幾場演講的時間地點。

他頹然癱坐在椅子上，怔怔盯著照片中滿身贅肉、肥油滿溢的自己，考慮著是不是該去健身減肥了。

另一種愛情

——

WHAT IS LOVE
15

有些愛情，不須海誓山盟，沒有鮮花鑽石，它仍然真實存在
著。從以前，到未來，存在著。

年終，幫媽大掃除，她從衣櫃底層夾縫中搜出一只紙袋，裏
面有房契，爸媽的結婚證書和一份簇新的保險合約書。

「幾個月前，聽說隔壁阿滿的兒子在保險公司上班，我就去
找他投了個保。」

一向視保險為洪水猛獸的媽竟會「自投羅網」，實在教人匪
夷所思。

「我想，萬一我先走了，那筆保險金可以讓妳爸好好過完剩
下的日子。」媽語氣淡然，彷彿說的只是吃飯睡覺之類瑣碎小事。

「哎喲，不會的啦，禍害遺千年，您至少會活到一百歲。」
母女親如姊妹，她向來口無遮攔，「再說，我也會照顧爸的，您
幹嘛操這心？」

「我知道妳很孝順，可是留點錢給妳爸，他可以自由運用，妳的負擔也不會那麼重，妳爸呀，就是花錢兇……」

「爸對妳那麼壞，妳還替他設想這麼周到？」她的心底直犯嘀咕。

從有記憶以來，「粗暴兇狠」是她對父親唯一的印象，只要爸心情不好或喝醉酒，媽和他們姊弟便淪為爸洩憤的受氣包。媽總像母雞般死命護住小雞，任拳腳皮帶鞭笞得皮開肉綻，幾個小孩只能無助地蜷縮桌下，不停嗚咽求情：「爸，不要打媽媽啦──」

一陣狂風驟雨後，爸回房睡覺，媽眼淚一擦，匆匆將滿屋破酒瓶、碎杯盤打掃乾淨，弄好晚餐安置三個飽受驚嚇的孩子，然後，顧不得遍體鱗傷，艱難地把一大箱貨往推車一放，趕著出門到夜市擺攤去。

爸的暴戾，不是母親唯一的苦難。

當成衣工廠愈來愈賺錢後，爸開始沉溺賭色之間。媽在工廠忙著記帳出貨，爸忙著把一大疊一大疊鈔票丟在賭桌與酒家包廂

中，「來，來，排好隊，讓我摸一下屁股就可以拿一張。」

一回，媽氣不過跑去某紅牌酒女的香閨外鵠候，爸惱羞成怒騎著那輛進口的拉風機車，揚言要撞死媽。

「好，我就站在這裏讓你撞。」媽甩開旁人的勸阻拉扯，豁出去硬往路中央站。

或許是宿醉未醒，機車一發動，爸便自個兒摔得鼻青臉腫。而媽那時已懷了六個月的身孕。

賭博，讓他們家破產之餘還負債累累；爸的拳頭和女人，則一直伴著媽的淚水，與他們一起成長。無數的夜裏，她被母親的慘叫哀嚎驚醒，一夜垂淚到天明。

讀國中時，她故意在學生資料卡中漏填了爸爸，老師約媽到校瞭解，回到家，媽把她叫到跟前：

「不要恨妳爸，其實妳爸很可憐，八歲你祖父過世，祖母改嫁，把他送給人，他逃出來到工地做廚房助手，天一亮就得淘米切菜洗碗，手都泡腫凍裂了，才八歲的孩子呢，就沒爹疼沒娘愛……」

媽邊說邊垂淚，同情的竟是一個欺凌她如斯的男人。

　　四、五十年來，媽常怨嘆命苦嫁了這樣的老公，可是另一方面，又一直用爸淒慘的童年原諒他一切作為，好幾次，她忍不住想勸媽：「爸再可憐也不能欺負妳呀，忍讓只是更縱容他。」

　　她其實並不懂，如此的寬容隱忍，是一個認命的傳統女性愛的方式。

　　幾年前，爸又要揮拳打媽，比爸高一個頭的小弟箭步上前，雙手一擋護住了媽，她才從爸頹然垂下的手勢和受傷的眼神中，讀到一個逞兇者年老力衰的怯弱及悲哀。

　　歲月催人老，如今，年近八十的爸也只能笑談當年勇了：「那時，在北投誰不知我這號人物？那些小姐只要一看到我，就會全部湧過來，自動排成一列……」

　　媽媽總會又好氣又好笑地插嘴道：「這種事還好意思一直拿出來講，袜見笑！」

　　她幫媽把紙袋再藏入衣櫃夾層中，聽到媽唸唸有辭：「藏在這裏，妳爸不知找不找得到？唉，他連找雙襪子都要問我……拿

到保險金，不曉得會不會亂花？……」

一夜激情
———

WHAT IS LOVE
16

　　這種沒有負擔的愛情方式，很自由，也很自我，對無力或不想愛得太多的人，其實不壞。

　　「我走了，Take care yourself。」

　　開門關門，然後，留下靜寂，給她。

　　相同的神情，同樣的對白，不算有情，也不盡然無情，但對part time 情人，無疑地，卻是最適合的道別儀式。

　　床的另一邊仍有他的體溫，微熱著，她感覺，他殘餘的古龍水在窗外迤邐而入的光束中緩緩蒸騰，蒸騰……像不安分的氤氳，以一種近乎妖嬈的身段。

　　認識他，是在一家小 PUB 裏。長久以來，她一直習慣夜裏散步到住家附近的這家 PUB，點杯酒，坐個一、兩小時聽聽音樂、發發呆，或和酒保阿達有一句沒一句閒扯，再不就攤開畫紙作畫。「對不起，我不喜歡被打擾。」是她一貫謝絕搭訕的台詞。

熟客都知道，她是 No-touch。不是那種到 PUB 尋找激情的釣客。

去的次數多了，她注意到他，他不常來，來時一定坐老位子、喝伏特加萊姆，固定請酒保為他播同一首歌 The one you love，然後差不多同樣的時間付帳離開。

這個人一定很刻板無趣，她直覺地判斷。後來，兩人在一起以後，她才發覺他也許刻板，但絕不致於無趣。一個會在床上用不同姿態撩撥她的熱情，完事後永不急著抽身，而以雨般的細吻緩和她的空虛的男人，怎能算無趣呢？

「介意我坐在這裏嗎？」這是他們之間的第一句話。

週末 PUB 客滿，他的老位子被佔據了，她的旁邊是吧台唯一的空位。

當他又示意酒保播歌時，她忍不住脫口問：「你為什麼那麼喜歡這首歌？」

「一年多前，我和女友分手當時，餐廳播的就是這首歌。」

「哦？」沒料到他會交淺言深，她掩飾性地誇張道：「看不出來你還很癡情、很念舊哩。」

　　「不是癡情、念舊，而是沒有新戀情可癡、可念，所以只好將就點，拿舊回憶來咀嚼一番了。」他答得坦白又幽默。

　　「好可憐喔，Poor man。」不知是酒精的催化，還是他笑得太魅惑，她竟大膽地舉起酒杯：「那麼，在你的新戀情出現前，我就先客串你的 part time lover 吧。」

　　他險些把口中的酒噴了出來，「part time lover?」

　　你有你的，我有我的生活，不要問將來，不必知道過去，不要問你是誰，也不須知道我做什麼，在一起的夜晚我們是情人，以外的時間，我們只是陌生人。沒有責任或承諾，孤單的時候彼此安慰，想飛的時候不要綑綁，「好嗎？陌生人。」

　　那晚，PUB 旁邊的飯店房間裏，他們用彼此的身體點燃對方壓抑太久的熱情。他們其實都不擅長這種遊戲，但是，再保守的靈魂有時也會——渴望叛逆。

　　他們交換了通訊軟體：「有空，簡訊給我！假日我打球，不喜歡被干擾。」

　　一週一次，頂多兩次。他們通常不預先約定，在 PUB 碰了面

再到飯店，有時她會簡訊他，「預告」自己今晚會到 PUB，讓他「沒事的話，可以到 PUB 來」。

　　手機簡訊，應該很適合他們的遊戲型態，需要 PT 情人時可以聯絡對方，但對方有權決定回或不回、有權將隱私維護在安全的範圍裏，不被窺伺或者干擾。

　　這種沒有負擔的愛情方式，很自由，也很自我，對無力或不想愛得太多的人，其實不壞。

　　他們都很小心地遵循遊戲規則，不去過問對方出了房門以外的真實生活和身分，她只知道他叫強尼，他喚她黛比。他們也都明白對方不只叫強尼，或黛比。

　　沒有和強尼見面的大部分時間，她活得像隻忙碌的螞蟻，趕漫畫專欄、畫雜誌或書的插圖，或是忙著與出版商開會討論作品的走向。但是，這幾個月來，她發呆的時間愈來愈多了，即使出版社主編已經催得她焦頭爛額，在畫紙上游走的手仍經常不由自主地畫下了他，畫他堅實滾燙的胸膛、汗珠涔涔的臉龐、濕濡性感的唇……他不像大部分的男人完事後「咚」一聲倒頭就睡，他

總在熱潮褪去後摟著她，撫著她微濕的亂髮，從不放她一人數著枕邊人的呼吸，輾轉難眠，也從不會任她的心隨著身體的空虛，一起沉落。

凌晨，離開前，他會輕柔地給她一個 good-bye kiss，像一個溫柔的老公。

他，無懈可擊！如果就 part time lover 來說的話。

畫著他，感覺他的氣息在耳畔輕輕吐納，他的身子是一團熊熊烈火，每次總似乎要將她瞬間燃燒成灰。在她的畫中，他是個嚴肅的電腦工程師、是個未成名的作家、是個盡責的老師、是個寵愛小孩的父親——父親？他結婚了嗎？他有孩子嗎？他……

發覺自己對他竟一無所知，她恨這種茫然。

「這是兩人約定好的。」她提醒自己。不去破壞遊戲規則，是讓遊戲得以繼續進行下去的最重要規則，她很清楚。

他，或者應該說是這個遊戲，已經讓她的生活嚴重失序脫軌，這是她始料未及的。她瘋狂想念他，週末的夜晚，不該打給他的，她還是打了。

「今晚？」

他遲疑了幾秒，「OK！」

週末夜，特別容易寂寞，因為有他，寂寞便化成狂熱，幾欲將人融化的狂熱……

在他們甫從浪濤高峯落下的那一刻，他的手機響了。通常，見面時他們會將手機關掉，以謝絕外面世界的煩擾。相聚的幾小時，只能屬於彼此，必須心無旁騖，一定完完整整，這是他們的默契。今晚，他有些心不在焉，連手機都忘了關。

她枕在他的胸前，無意放他起來。

手機又響了，尖銳的鈴聲。

「餓嗎？」她問。

「還好。」

叮鈴——鈴——

終於，他輕柔扶開她的頭，起床去拿手機。

「女友嗎？」她大膽假設，不意卻引起他一陣小小慌亂，沒有回答，他逕自走入浴室。

　　她很想下床去偷聽，又及時遏阻了自己這種犯規的好奇，心底陡地竄動一絲濃過一絲的異樣感覺，她不願承認是「嫉妒」。他們只是 PT 情人，連彼此真實姓名都不知道，只有在一起的時間才屬於彼此，一走出飯店，他們就是陌生人，就像路上擦肩而過的行人一樣。

　　嫉妒或任何情緒，都是自討苦吃。她告訴自己。

　　他走出了浴室，俐落地穿好衣服。還不到十二點呢，他就要走了？

　　像往常一樣，他過來在她的額前印下一吻。她感覺，今晚的吻別有點敷衍。天！她真的克制不了自己的敏感和小心眼。

　　「明天，能來嗎？」

　　「不行，明天我有約。下週吧，叩我。」

　　你厭倦我了嗎？她用力咬住下唇，吞下險些脫口而出的不上道問話。

　　「我走了，Take care yourself。」

　　他走了。第一次，她覺得，自己也許並不適合這樣的遊戲。

她在雜亂紛擾的夢中醒來，朦朧地看著時針在五和六之間，隨手撥開窗簾，她整個人隨即觸電般彈了起來！她竟一覺睡到下午五點多，她跟大學死黨玫玲約好了吃晚飯呢。

　　匆忙梳洗，整裝後，她跳上計程車，頭還微微的疼。昨晚，強尼走後，她又返回 PUB 喝酒，向來自制力甚佳的自己也不知喝了幾杯，最後好像是酒保阿達攙扶送她上計程車的。一覺醒來，才發現手機不見，八成醉酒時跌跌撞撞弄掉了。

　　踏入餐廳，一眼便瞥見了玫玲。

　　「哇，真過分，要丟紅色炸彈了，才讓老同學知道妳要結婚，幹嘛那麼保密啊？真不夠意思。」她嚷道。

　　「唪，去妳的。」多年不見，玫玲仍不改其豪爽個性，「畢業後妳又出國又搬家的，都不知死哪去了，妳還說？」

　　宿醉未醒，她毫無胃口撥弄著盤中的食物，玫玲一個勁兒地講述著未來老公的種種。在這位大建築師出現之前，她已經知道這男人是留美的建築碩士，他和玫玲是一年多前在飛機上認識的，「他就坐我旁邊，我累得睡倒在他的肩上，他居然維持一個

多小時動也不動呢。」

　　她莫名來由地想到強尼。有幾次，她枕睡在他的手臂上，弄得他的手酥麻得無法動彈，她笑他為何不把手移開，「我怕吵醒妳。」他淡淡道。

　　「他一點也不像一般男人只想佔女人的便宜，只想跟女人上床，他很尊重我。」玫玲壓低嗓子道，「還是我主動獻身的呢。妳說這種男人是不是比恐龍還難找？」

　　玫玲眼睛陡地一亮，「喏，他來了。」

　　她嚥下口中食物，抬頭看玫玲的恐龍男人。

　　啊！她和男人眼中都閃過一絲驚慌。她幻想過無數次和強尼在約會以外場合碰面的情形，卻怎麼也沒想過他竟是──

　　「這是彭玉庭，我大學同學，這是林志桓，我老公。」

　　原來他叫林志桓。

　　「志桓，我要請玉庭當我的伴娘，這是我們大學時就約定好的喲。」

她毫無意識地吞下食物，看玫玲的嘴動呀動的，卻聽不進任何聲音，強尼，不，林志桓的影像在她眼前跳呀跳的，忽遠忽近，她覺得自己的頭愈來愈疼、愈來愈重。

　　「玫玲，對不起，我突然想到還有事。」她用盡最後的力氣打斷玫玲，「我們明天再聯絡。」

　　走出餐廳大門，她沿著路一直走著，風將她的一襲長裙吹成鼓鼓的帆。她下意識摸著皮包旁，才記起手機在昨晚已經弄丟了。

　　弄丟的，豈只一支手機？

　　自己並不適合這種愛情遊戲。她終於確定。

醜陋姊妹花

———

WHAT IS LOVE
17

怎樣的一對姊妹？同樣貌美絕倫，卻一個毒似蛇蠍，一個善良如斯。

美麗，到底是上帝的恩惠？還是惡魔的詛咒呢？

「我找你來，是想告訴你一個祕密。」

偌大氣派的客廳，小妹坐近姊姊男友朝嶽的身側，一臉凝重，欲言又止。

「我媽去世得很早，大家都以為她死於急性肺炎，其實她是死於一種家族遺傳的怪病。」小妹的視線匆匆掃過樓上姊姊的房間，「那是類似紅斑性狼瘡的絕症，女人只要一滿二十五歲就會額頭與手臂長滿惡臭的毒瘡。」

「毒瘡？治不好嗎？」朝嶽焦切地疊聲問道。

小妹絕望地搖搖頭，「我父親請了全世界各地的名醫來為我母親診治，結果，還是羣醫無策，我媽就是受不了才自殺身亡的。

本來爸爸一直瞞著我們，直到他臨終前才告訴我這件事和我的身世，我是領養來的，所以我不會這種怪病，可是……」小妹泣不成聲，哽咽道：「可是……姊姊，再過一個月她就滿二十五歲了，我怕……」

「不——不——」樓梯旁，姊姊雪麗淒厲的哀嚎石破天驚地傳來。

朝嶽一個箭步衝到樓梯口，扶住搖搖欲墜的雪麗，卻讓她一把撥開，她狂風般席捲至小妹跟前，眼中寒芒暴射：「妳騙我，我不會得這種病的，為什麼、為什麼是我，不是妳？為什麼？」

「雪麗，妳冷靜點！」朝嶽拉住幾近瘋狂的雪麗，「這不干小妹的事，我，我會幫妳找醫生，我——」

雪麗陡地旋身對朝嶽連揮幾記耳光，不由分說地使勁將朝嶽推出大門，「滾，滾，我就快變成噁心無比的醜八怪了，我再也，不要見到任何人——」

雪麗變成一頭瘋狂的野獸。她砸毀了所有傢俱，殘暴地揪扯小妹的頭髮，使勁掄向牆壁：「從小到大，每個人都誇我們是一

對姊妹花，為什麼我會變醜，妳卻不會？」她甚至拿水果刀企圖劃花小妹的臉。

小妹的隱忍，只愈加助長雪麗的暴戾，她惡意撞向小妹，害小妹滾跌下樓；她揮開小妹端來的熱湯，燙得小妹雙手腫如拳擊套；她甚至扯下小妹一塊頭皮，任鮮血淋漓，「妳不要裝出一副可憐兮兮的無辜表情，我看了就討厭。」她更喪心病狂吊死小妹最心愛的狗兒……

她不再是往昔優雅溫柔的雪麗，如今的她，是撒旦的化身。

當朝嶽驚駭地目睹了小妹渾身的傷痕，一時怒極攻心，欲衝進雪麗的房間。小妹慌亂地制止了激動的朝嶽。

「不要，不要怪姊姊，只要姊姊覺得好過點，這點苦，不算甚麼。」

怎樣的一對姊妹？同樣貌美絕倫，卻一個毒似蛇蠍，一個善良如斯。

「美麗，到底是上帝的恩惠？還是惡魔的詛咒呢？」朝嶽心疼地攬緊小妹。這一幕，全教雪麗看在眼裏。

　　是夜，雪麗取了倉庫裏露營用的火把，熊熊點燃，一步一步逼近小妹，「搶我男友？好，我就毀掉妳這張專門誘騙男人的臉！」

　　「不要，姊姊，求求妳。」

　　雪麗惡狠狠地將火把刺向小妹──灼熱，燙得小妹手臂一陣椎心刺骨的劇痛，小妹橫手擋住了刺近臉龐的火把，再忍痛趁勢一撥，推得雪麗蹌踉幾步，接著，沒命地向門外倉皇奔去。

　　仇恨，像竄動的火焰般熾烈燃燒，雪麗怔怔走到鏡前，「與其長瘡流膿一分一分變醜，我寧可徹底毀滅！」她高舉火把，猛咬牙，往自己額頭炙去──

　　當雪麗劇痛醒轉後，首先映入眼簾的是小妹那張美得叫人屏息的臉龐。小妹清亮的眼瞳裏，清晰地映照出雪麗額前一大片難看的焦黑，她笑得十分詭譎：

　　「姊，其實我騙了妳。我才是媽親生的，我才會得這種怪病。我恨，為什麼不是妳？為什麼……」

　　（本文改編自日本一則短篇漫畫）

曾經深愛過

———

WHAT IS LOVE
18

他哭了，蜷縮在她的懷裏，像一個渴求母愛的可憐小孩。

她也哭了，以一個母親的心情原諒他的背叛。

PUB 裏，煙霧瀰漫，人聲鼎沸。

她甫執起酒杯，便透過晃綽的酒汁，看到廣勳正推門而入，四目相觸，兩人都像被人敲了記悶棍似的，呆杵原地。

幾秒後，廣勳回過神來，對身旁黏膩得幾乎趴在他身上的時髦女郎耳語幾句，支開了女郎，他走近她，雙眼凜列如劍：「妳怎麼會在這呢？」他的視線掃過她身側的男人。

「我朋友，陳志強，今天他過生日。」她淡淡地介紹。兩個男人互相打量著對方，空氣中漾著濃稠的敵意。

「太晚了，我送妳回去。」廣勳不容辯駁地命令道，似乎刻意要在那個叫陳志強的男人面前突顯與她的親密。

「不用了，志強會送我的。」她瞥著角落裏不耐等候的時髦

女郎：「你的新歡？那麼，Vivian、淑琪，還有那個叫什麼玲的呢？」

　　她冷看廣勳的臉乍青忽白，不教情緒再起波濤。認識廣勳三年，他的身邊從不乏女人，當她第一次撞見廣勳和別的女人親熱，而斷然提出分手時，他哭得像個迷路無措的孩子：「我不是存心背叛妳的，我只是……很沒有安全感，非得要擁有很多份愛才安心。」

　　他抽噎地向她傾吐他悲涼的童年，五歲時的一個深夜，廣勳被爸媽爭吵的聲音吵醒，沒多久，媽媽進來抱住廣勳說她要走了，那個冬夜異常地淒冷，他哆嗦地望著媽媽開門離去，從此他再也沒看過媽媽。

　　「我好想她，可是，我怎麼也記不起來她的樣子。」

　　他哭了，蜷縮在她的懷裏，像一個渴求母愛的可憐小孩。

　　她也哭了，以一個母親的心情原諒他的背叛。

　　她把廣勳的性喜追逐歸咎於破碎的家庭和母愛的缺乏，強迫自己用漠視來包容他的花心。

襯衫上刺眼的口紅印、口袋裏賓館的打火機，她可以視若無睹；他抱著手機軟語呢噥幾小時，她一律置若罔聞；連他當她面和女人放肆調笑，她也能吞下淚，大方擠出如花笑靨。

廣勳人前人後總誇她是個「識大體的好女人」，她明白自己不是，她只是抱著微渺的希望，等待他厭倦追逐。

過分泛濫的母性情懷，是女人的致命傷。愛情中的過度縱容，往往讓不懂惜福的人更肆無忌憚，而她的癡心等待，結果喚回的是更多的寂寥心碎。

她精心做好一桌菜要為他慶生，卻盼到他一通「加班，沒法來」的電話，她其實知道他正跟一個空姊打得火熱；約好慶祝情人節，她枯坐餐廳苦苦等候，忍受服務生和其他客人異樣的眼光，卻見玻璃窗外廣勳和一個女人摟摟抱抱嘻鬧著走過。

那夜，強颱肆虐，廣勳爛醉如泥來按她的門鈴，「Vivian 居然要跟她們機長結婚了。」他語無倫次又吼又鬧：「我就知道女人都不可靠！」他吐得厲害，她不得不冒著風雨出去為他買醒酒藥。

他酒醒了，她卻因淋雨而發起高燒。

「沒有人像妳對我這麼好，都怪我太花心了，我答應妳，今後一定好好疼惜妳。」廣勳守在她的病榻旁泫然道。語聲未休，手機響了，他抑聲咕噥半晌，晦暗的眼眸登時閃出異樣光采，那種獵人捕獲獵物的興奮。

廣勳迫不及待託辭離開，丟下還在高燒半醒的她，任她的心瞬間冷凝成冰。

志強的出現，讓她的悲傷寂寞得到了救贖，他不在意吃她為廣勳準備的、已然變冷的菜餚；不在乎聽高燒中的她哭嚷著要離開廣勳；更不去問她流的那些淚是為了誰。「你這是何苦呢？」她問。

「候補球員只要多加努力，也會成為正式球員的，對不對？」志強不止一次對她說。

喧鬧的PUB裏，三人僵持的態勢仍繼續著。

眼看她一臉決絕，廣勳低聲柔情道：「妳應該明白她們只是過客，我終究還是會回到妳身邊的。」

「我不想再等了，等一個浪子回頭，太折煞青春了。」

她抓起皮包欲走，卻教廣勳一把攬住，志強毫不猶豫地箭步上前，像一隻蓄勢待發的老鷹，惡狠狠地盯住廣勳。

「妳就是為了這個男人背叛我？」廣勳問。

「背叛？你居然說得出口？」她鄙夷地瞪著廣勳，「你為什麼不問問自己？是誰踐踏了我的真情，把我推向他的？」

她忿然掙開廣勳，拉著志強的手臂衝出了PUB。

門外，一陣刺骨冷風兜頭兜腦襲來，讓她著實打了個寒顫。

「冷嗎？」志強問，試探地攬住她的肩膀。

臉上有冰冰冷冷的液體滾落，她縮進志強的臂彎，任由他的體溫隔著衣服緩緩渲染過來。告別了寂寞，她知道，她不會再寒冷。

爆米花報告

———

WHAT IS LOVE
19

開演後，俊傑的眼睛幾乎沒有放在銀幕上，即使銀幕上女主角正使出渾身解數妖嬈風騷地魅惑男主角時，他照樣不為所動緊盯著眼前的女子。

快速，是這個時代的標幟，但是認識還未滿半年，俊傑和淑華就決定攜手一生，這……不免教人疑竇叢生。

錢櫃KTV裡，酒過三巡，哥兒們開始對俊傑嚴刑逼供。

「突然要結婚，其中必有詐。說！你是不是先上了車，所以要趕緊補票？」俊傑的拜把兄弟首先提出質詢。

「拜託，江湖在走，道行要有，有種東西叫保險套，好嗎？」

「那你幹嘛想不開？多過幾年快活日子不好嗎？」

「我這是『見好就收』！看到好對象不娶回家，被別人追跑了，怎麼辦？心動就要馬上行動！」俊傑義正詞嚴，儼然婚姻專家的口氣，「坦白說，我對她是——一見鍾情。」

看他一本正經，哥兒們反倒都笑彎了腰，不理會他們的取笑，俊傑繼續招供他們的相識過程。

　　電影院售票口，由於是星期一又是午夜場，觀眾寥寥可數，開映前，大家零零落落站在門口等待入場。驟地，一個尖銳的女聲破空而出，「你看不懂字啊？多少錢，你不會看啊？」肉餅臉的售票小姐把票口的壓克力敲得劈啪作響。

　　「對不起，我沒戴老花眼鏡。」老先生忙著在提袋中找尋眼鏡，誠惶誠恐地。

　　「有眼鏡不戴，光會問，幹嘛，愛找小姐說話啊？老不修！」肉餅臉撕下票，粗魯地將票和零錢推出小洞口，用力過猛，銅板滾了一地。

　　這時，一名女子衝向票口，「小姐，妳的服務態度太惡劣了。」

　　肉餅臉抬起眼不屑地看著女人，便逕自剝起指甲。那女人也豪邁率性，轉身啪地斜倚著售票台：「妳剛才的德行，我都錄下來了，明天我就打電話投訴，問問這種服務算什麼？再不行，我

可以打去消基會啦、報社啦、戲院公會啦，或者 PO 上網讓大家
欣賞一下，嘖嘖嘖，小姐，萬一到時害妳失業，我也沒辦法囉。」

售票小姐那張圓臉上一陣青一陣白，訥訥道：「妳要我怎麼
樣？」

「簡單，跟老先生道歉，還有下次別再這麼兇。」

肉餅臉躊躇遲疑一會兒，才以細微如蚊蚋的聲音說了句「對
不起」。

目睹那女人漂亮的反擊，俊傑不禁打從心底讚賞起來，好個
不尋常的女人！冷靜自若卻不失俠義，勇敢睿智又不至咄咄逼
人，正是他喜歡的典型。後來，進了戲院──

「你就去坐她旁邊？」大學同學小黃自作聰明插嘴道。

「我豬啊？戲院座位那麼多，我去坐她旁邊，不是顯得太有
居心了嗎？我才沒那麼笨。我坐在她斜後方一排，這樣才能好好
欣賞她嘛。」

開演後，俊傑的眼睛幾乎沒有放在銀幕上，即使銀幕上女主
角正使出渾身解數妖嬈風騷地魅惑男主角時，他照樣不為所動緊

盯著眼前的女子。

電影演到一半，女子忽然起身離了座。

「你就跟了出去？」小黃又打斷了俊傑。

「幹嘛？色狼啊？人家搞不好去上廁所，這一跟去不被對方當成歹徒才怪呢。」那女子離座幾分鐘後，俊傑就隱約感到她正從後方走了回來，走近俊傑身側時，她猛地被他的腳絆了一下，俊傑反射地伸手接住她前傾的身子，女人手上的爆米花就全倒到他身上。

俊傑忙不迭地起身道歉，在她笑著搖頭表示「沒關係」回座後，俊傑還是去買包爆米花賠給她。

故事當然沒有就此打上句點。散場時，他立刻上前再向對方致歉，還一再堅持要請她宵夜，「不然，我會一直愧疚不安。」他知道自己是小題大作了，可是，對方倒也很爽快地接受了他的邀請。

「其實，那晚我是故意把腿伸出去絆倒她的。」俊傑沾沾自喜地向哥兒們炫耀道。

另一邊，在淑華的臥房裡，幾個死黨或坐或躺，意興盎然地聆聽淑華的獵「郎」報告。

「我衝去售票口要教訓那位凶巴巴的售票員時，就看見有個男人靠過來幫老先生撿銅板，還柔聲交代老先生把錢收好。」淑華眼神迷離，「那時我的心底有個聲音在說，像這樣溫柔又有愛心的男人不多了，不好好把握，可能就此錯過！」

進戲院後，淑華始終感覺背後有雙灼熱炯炯的目光，害她不斷分心，根本無法觀賞劇情，於是，她乾脆起身去買零食。

「妳去買零食請他呀？」波霸麗萍打岔道。

「哎，說妳波大無腦妳還不承認，我又不認識他，就請他吃東西，妳當我花癡啊？高人自有妙計，本人早有算計。」淑華一臉的老謀深算，「到了販賣部，我就在想買什麼好，飲料萬一潑灑了會潑得人渾身濕黏，不理想！豆干、魷魚絲都有包裝，撞不出什麼『火花』，想想，買爆米花最合適，有雪花片片的效果，又不會弄得太難看。」

原來，淑華計劃來個美麗的擦撞，在經過那人身旁時，假裝

腳扭到、台階沒踏穩或突然頭暈什麼的踉蹌一下，趁勢把爆米花倒在男人身上，以製造接觸搭訕的引子。

「結果，走近時，我發現他的腳不小心伸出了走道，哈哈！機不可失，我馬上更改計畫，走過去故意讓他的腳絆倒我。」

男人反應敏捷地伸手扶住淑華，然後一逕地道歉，散場後還一再懇求淑華給他一個「賠罪」的機會，「盛情難卻，我只有答應囉。」淑華故作姿態道。

「哈，」淑華得意洋洋，「他打死也不會猜到，我是刻意走過去讓他絆倒的。」

在 KTV 裡。

在淑華的臥室裡。

兩位準新人不約而同地下了一個結論：「姻緣靠自己，機會，是人創造出來的！」

情書

———

WHAT IS LOVE
20

終於知道，絕望比冬天還寒冷。

她能走出陰霾，重新接受一份新感情，讓我大大鬆了口氣，好長一陣子看她為永霖的死難過自責得痛不欲生，真教人忍不住鼻酸心疼。

筱如又向門口張望了。近來她老是魂不守舍，不是頻頻眺向窗外，就是盯著信箱傻笑發呆，只要郵差的腳踏車「吱！」一聲，在門口戛然停住，她就飛也似地衝去取信，然後像隻快樂的小兔蹦蹦跳跳進房。

約莫過了半小時，筱如才會雙頰霞紅施施然步出房門，雖然極力壓抑，嘴角那抹偷偷竄出的笑紋仍洩露了她的心情。身為她的姐妹淘兼室友，我一眼就看出：她墜入愛河了！五年前她和永霖剛熱戀時，就常出現這般如癡如醉、忽而沉思，忽而噗哧一笑的「戀愛症候群」。

　　她能走出陰霾，重新接受一份新感情，讓我大大鬆了口氣，好長一陣子看她為永霖的死難過自責得痛不欲生，真教人忍不住鼻酸心疼。

　　自從永霖車禍猝死後，筱如便一直呆坐在床頭，握著他倆的合照喃喃道：「是我害死永霖的，如果我沒有跟他吵架，他就不會氣沖沖騎車跑掉；如果沒有騎那麼快，他就不會……」永霖是在我們前面幾條路口撞上卡車當場斃命的。

　　憂傷磨蝕了筱如的理智，她像變了另一個人似的。躲在房裏不吃不喝幾天後，她突然穿上一襲亮艷的蕾絲洋裝，在我面前翩然轉圈：「好不好看？永霖最喜歡我穿這套衣服了。糟糕，約會快遲到了，永霖最沒耐心……」

　　好幾次，我聽到她對著手機嘀嘀咕咕：「……永霖，明天，你一定要來看我喔……我知道我脾氣不好又任性，永霖，你不要生人家的氣嘛……」

　　一晚，我夜半起床，筱如在廚房叮叮咚咚發出聲響，「永霖想喝阿華田。」我下意識望望她空無一人的房間，硬生生倒抽一

口涼氣——筱如不會瘋了吧？

　　永霖出殯後不久，筱如這些失常的舉措突然不藥而癒，她開始每天熱切地引頸等信，竟日像個初戀的少女般竊竊歡喜著。

　　再深的傷痕也終會過去的，我想。

　　一天下午，筱如外出，我順便替她清掃房間，沒關攏的抽屜露出了一截信紙，我拉開抽屜，裏面有數十封信，抑不住好奇，我抽出最上面的一封信，果然是密密麻麻的傾慕愛語，我匆匆讀下去，「……我喜歡妳穿那件蕾絲長洋裝，那樣的妳，彷若早春初綻的愛麗絲花……」蕾絲洋裝？我訝然一驚，慌忙翻尋信末的署名——

　　「永霖」！署名下方的日期記載是四年前。

　　我慌亂地拆開其他的信，全是永霖的署名。

　　原來，筱如，她，把永霖以前寫的情書一封一封再投了一次，寄給了自己！

　　（如果你對這樣的結局還意猶未盡，請再看下去……）

　我終於明白，有些傷痛也許不會過去。

　當筱如恢復正常上下班，大家都以為她已安然渡過了低潮期，沒有人料到她居然會服毒自殺，而且沒留下任何遺書。

　我噙著淚水為筱如整理遺物，五、六個抽屜都裝滿了永霖的情書和送的禮物，還有永霖過世後筱如向他父母索取的幾本永霖自小到大的畢冊與日記，筱如將它們一一編號記錄，仔細收藏，連永霖殘破的日記本都用膠膜小心包裝起來。

　人間自是有情癡，此事不關風與月。筱如怎麼恁是如此癡心？

　驀然，一張未折疊全新的信紙攤在筱如書桌的玻璃墊下，我認得這筆跡，那是永霖的字！信上寫著：「如，我好孤單好寂寞，多希望妳能來陪我……」

　我拿信的手止不住地發起抖來，背脊忽地一片徹骨的冰涼，那封「情書」簽署的日期是——筱如自殺的那天。

殉情

———

WHAT IS LOVE

21

　　長長的陰陽路上，她溫柔地挽著他，一步一步緩緩前行。

　　三十餘年後，他履行了那場生死盟約。

　　民國五十五年。煤油燈的光影，落在斑駁的紅牆上，危危顫顫。

　　羅帳裡，溫存甫過，春意猶濃。枕在他身上，她的氣息在他裸裎的胸口間遊走、吐納，「不後悔嗎？」她試探，想再次確定。

　　慕凡端起她的臉兒，眼神癡癡切切，「為了妳，死也甘願。」

　　噙著陡竄而出的淚水，她用柔如花瓣的唇覆住他的，她吻得那般狂烈灼熱，彷若要將所有情愛掏心剖肺付諸一吻，盡吐無遺。何德何能呀，以她這樣一個出身卑微的奴僕能得到慕凡少爺的垂青憐愛，是不該奢求名分什麼的，只是，連這般終生服侍少爺的冀求都逃不過天妒，老奶奶一心棒打鴛鴦，執意拆散。

　　「下個月就給你娶親！別忘了，你是訂過親的人。」廳堂裡，

老奶奶聲色俱厲命令道。全家上下都噤若寒蟬靜佇兩側。

慕凡少爺桀驁不馴地跪在廳堂中央，滿身鞭痕。

「鄧部長的千金是知書達禮的名門閨秀，給你做媳婦是你前世修來的福氣。要不是當年你爹和鄧部長的一句戲言，你哪來這福分？」老奶奶絮叨著，若非慕凡的爹不爭氣弄得家道中落，如今也不必這般難堪去高攀鄧家這門親。「好在鄧部長重信輕門第，不嫌棄咱們，看來咱趙家要雄風重振，全得仰仗這門親事了。」

老奶奶的手杖憤然使力朝地上一蹬，食指直逼慕凡的鼻尖，「你，離小梅那丫頭遠點！過幾天，我就把她許配給鄰村的劉三，你就給我安安分分的，要有什麼醜事傳到鄧家，我就一棍打死你這敗家子。」

奶奶向來疼這長孫，十九年來慕凡第一次看到奶奶如此嚴厲峻冷的神情。

「你在想什麼？」她換回他的遐思。

「我在想，今夕一道求死，在陰間，魂魄渺渺，如何尋到彼

此呢？」

　　她從枕下取出一條紅線，「喏，把這紅線一端繫你手，一端繫我手，這樣，變成鬼魂，也拆不開。」

　　她細心綁上紅線，側身取出一只瓷瓶，「飲下這瓶毒藥，從此，君魂妾魄永相隨，生生世世休拋撇。」一仰首，她喝下大半瓶，接著，將瓷瓶遞予他。

　　慕凡眼瞳有一抹恐懼閃過，猛吸好幾口氣，眼一閉，才一仰而盡。

　　時間，在凝滯中緩緩流過。藥效，終於發作了。

　　毒性像飢餓的蟲蟻，囂狂地啃噬每一根神經、每一吋皮肉，小梅心肺開始痙攣劇痛，意識卻逐漸模糊混沌，昏迷中，她感覺身旁的慕凡正痛苦地翻滾、哀嚎……

　　門打開了，有人慘呼，人聲喧雜，震耳欲聾……「到陰間了嗎？」她想問，卻發不出聲來，且覺有人騰空抱起她……她的身子輕飄飄的，像浮在半空的羽毛，她眼前的光愈來愈暗，周圍的人聲忽遠似近……漸漸……遠颺……消翳……

她漂浮的身子正飛快通過一條長長的甬道，甬道不停向前延伸，彷彿沒有盡頭，霧嵐濃重，冷意襲人，四周甚暗，她看不見慕凡，只能一逕用雙臂胡亂揮動、搜索。

　　「慕凡，你在哪？」她殷殷呼喚，苦苦尋覓。聲音在狹小的甬道中碰撞、迴盪不休，慕凡在哪？他在哪裡？

　　不安，伴著可怕臆想，化成惡魔的利爪，瘋狂撕扯她的心扉。慕凡在哪裡？

　　彷彿在呼應她焦切悲愴的吶喊，甬道失速地旋轉起來──

　　驀地，一束強光扎痛她的雙眼，她猛力睜開眼！

　　馬路中央，一輛車子自她身側呼嘯駛過。

　　「這是什麼地方？我為甚麼在這裡？」她茫然舉目四望，櫛比鱗次的高樓幾欲穿破夜空，奇裝異服的路人行色匆匆，各式奇特的商店，璀璨繽紛的霓虹燈，教少見世面的她一時之間眼花撩亂。

　　路旁小攤擺滿了各式書報，「真神奇，這兒的書竟可印成這麼多顏色？」她禁不住好奇翻撥著書報，猝地，一份新聞紙吸引

住她的視線。

民國九十年！

她杏眼圓睜，驚愕地盯著那份新聞紙。怎麼，她這一昏迷，居然過了——三十餘年？

「不！」過度的震驚使她不由自主地尖叫出聲。小攤上的老先生兀自打著盹兒，對她淒厲的叫聲置若罔聞。她一抬眼，望見小攤旁一面鏡子，陡然停住尖叫，全身簌簌發起抖來。

鏡中，她看不到自己的形影！

鏡中，閃電般掠過一幕幕往事的片段——木床上，她和少爺相約仰藥自盡，然後有人發現了，大家手忙腳亂急著搶救，接著，她的魂魄脫離了軀體，簡陋靈堂掛了張她的畫像，而他呢？慕凡少爺呢？

為甚麼寂冷闃黑的甬道上，她遍尋不到他的蹤影？

難道，慕凡沒死？

他被救活了？他，違背了他們的約定？

他居然——負她！

她想起來了，在天旋地轉的甬道中，怨氣忿恨如露雲般漫天蓋地襲來，將她的魂魄點燃成赤烈的熊熊焰火，終於，衝破陰陽的藩籬，她回到了陽世！

不甘心，不甘心，他怎捨得留她一人在陰間，渺渺魂魄，無所歸依。慕凡是那麼信誓旦旦：「妳不嫁劉三，我不娶鄧大小姐，生，不能為夫妻，死，誓要結連理！」而今，卻放她形單影隻。她要報仇，縱使魂飛魄散，也在所不惜。她要抓回那個臨陣脫逃的懦夫，他欠她的，一條命！

只是，茫茫人海，尋找一個三十多年前的承諾，無異海底撈針。

不過，她有的是時間，慕凡活著，她要尋到他，他死了，地府也要盼到他，天羅地網，恁他無所遁逃！

陌生的世間，日復一日，白天黑夜，循環不息。

復仇的魂魄，不曾停歇。

這天，颱風肆虐後的臺北，宛如褪去胭脂鉛華的歌舞女郎，蕭瑟而蒼白。淒清散亂的街道上，一名傴僂老頭蹣跚踽行，行色

匆匆。

　　她倏然一驚！是長工阿旺哥？他還活著？

　　當年慕凡少爺犯錯被老爺鎖在柴房，都是阿旺哥偷偷送食物給少爺，她與慕凡少爺相好的事被老奶奶知悉，也是阿旺哥求情，她才逃過被逐出家門的命運。往事歷歷，當時還是青壯年的阿旺哥如今已是耆宿老翁，而慕凡少爺呢？那個負心人呢？

　　「阿旺哥，我是小梅，小梅呀！」

　　她使勁喚著，老人卻逕自埋首趕路，她一路呼喚不休，無奈陰陽兩隔，縱然喊破嗓子，老人依然聽不到她的殷切哭嚷。她尾隨阿旺哥，來到了一家療養院。

　　病床上躺著一個白髮蒼蒼的老先生，雙目呆滯，嘴唇微張，露在棉被外的手瘦骨嶙峋，宛若枯枝。阿旺哥拿來濕毛巾輕輕為他擦拭著臉。

　　「阿旺爺爺，您又來了？」年輕的護士過來打招呼，「也多虧您幾十年來風雨無阻地來照顧他，簡直比親兄弟還疼他。」

　　疼他？怎麼，白髮老叟不是阿旺哥的父親嗎？

胖護士走近病床，嘆了口氣，「要是知道會變成這樣，又何必當初呢？」白髮老叟回應她的仍是一臉空茫。

　　「唉，當年他也是不得已，才出此下策。」阿旺哥不禁又老淚縱橫起來，「也許，當初我不該救慕凡少爺，害他活著生不如死。」

　　慕凡？這個看來行將就木的老先生是慕凡少爺？她撲身上前，想看分明，那張皺紋滿佈的臉上絲毫不見曾有的意興與俊俏，呆凝的瞳孔映照不出任何過往的靈秀慧黠，只有額上那道殷紅的疤痕，依舊清晰可辨。

　　那疤痕，是他們愛的印記。那年，慕凡十一歲，她九歲，她貪戀樹上最高處、最嬌艷的那朵紅花，慕凡少爺便不加思索爬上枝頭，一個失神，自高處跌落下來，沒敢告訴老奶奶緣由，怕她被罰，他只道是自己貪玩爬樹。拆下紗布，慕凡噘起嘴：「我變刀疤臉了，肯定討不到媳婦。」她脫口接道：「討不到媳婦，那我做你媳婦好了。」慕凡笑了，記住她的話。

　　胖護士拿出針筒把水注入床上白髮老叟的嘴裡，有些水溢出

了他微張的口。

「哇──」

她爆裂似的悲泣，釋放了多年積壓心頭的恩怨愛恨。慕凡，她的慕凡沒有貪生怕死，他只是無能為力，無能為力決定生，或選擇死。不怨了，不恨了，就讓弄人的命運了結這場生死冤債吧！多少情愛糾纏，就任它過去！

兩行熱淚滑下小梅的臉龐，滴在慕凡少爺瘦削的臉上，她哀戚地再看了慕凡一眼，一拂袖，咻地化身一縷輕煙，三魂悠悠，七魄渺渺，她孤身上路，返回屬於她的，陰間。

「啊，他笑了。」胖護士驚呼一聲，喚來阿旺哥。

已成植物人的慕凡少爺的臉上，竟奇蹟似地出現一抹笑容，是俊俏少年郎乍見心儀姑娘，那種愛慕貪戀的笑容。

風沒有停止呼嘯。那夜，臺北出奇地冷寒。一直維持那抹笑靨的慕凡少爺，平靜地嚥下了最後一口氣。

長長的陰陽路上，她溫柔地挽著慕凡，一步一步緩緩前行。

三十餘年後，他履行了那場生死盟約。

幸福愛情事件

———

WHAT IS LOVE

22

　　從小到大，始終只能躲在被忽略的陰影裡，她一直夢想能像
這樣活在聚光燈下，活在別人的嫉妒和羨慕中。即使只有一次也
好。

　　法式餐廳裡的人都忍不住將視線集中在蘇意芬和她男伴的身
上，女人眼中熊熊燃燒的妒意，更是教蘇意芬興奮得彷彿飄浮在
七彩斑斕的泡泡上。

　　也難怪那些女人會又妒又羨，坐在蘇意芬對面的男人簡直是
所有女人夢中情人的樣版—比明星還俊美精緻的臉龐、挺拔如籃
球國手的體格、合宜高貴的裝扮、溫文儒雅的談吐舉措，還有，
剛剛點菜時一口流利的法語，還讓餐廳經理誤以為他是法國華僑
呢。

　　他，完美得無可挑剔。

　　尤其從入座後，他的視線除了停頓在菜單上的幾分鐘外，幾

乎沒有離開蘇意芬，他的一隻手更是不時地橫過桌面握住她的手。他仔細地為她介紹每一道菜和吃法，連烹調方式，他都瞭如指掌。

「Allen，你怎麼懂得這麼多？」她驚嘆道。

叫 Allen 的男人笑了笑，嘴角揚起的性感弧度令她看得入迷。「我遊學法國半年多，住我隔壁的是個廚師，所以對法國料理略知一、二，況且，做我們這行服務業的，什麼都得懂一些，才能給客戶最完善的服務。」

「你做這行很久了嗎？辛不辛苦？」

「快兩年了，之前還受過三個月的嚴格職訓，我很喜歡這份工作，它帶給我極大的成就感，有幾個客戶在我服務完後還感動得哭了呢。」Allen 示意侍者再為他們斟滿酒，「不談工作了，來，願我的意芬永遠健康美麗。」

音樂正悠揚，Allen 生動烏亮的黑眸在熒熒燭光下漾著深情，「我從不敢想像世上會有妳這麼完美的女性，妳是我所有夢想的結合。我常忍不住想俯首感謝命運，感謝祂讓我與妳相遇。」他

低下頭將深深的愛戀，透過親吻，印上蘇意芬的手背。

像經過彩排似的，餐廳的樂隊在他的唇碰觸到她手的瞬間，準確地奏出結婚進行曲，小提琴手還從後口袋中取出一朵鮮紅玫瑰送給她。

蘇意芬感動得說不出話來。男人精心安排的這一切，遠遠超過她的預期。

在全場注目下，Allen 掏出一個絨盒，「嫁給我，意芬。」盒內是一只燦耀奪目的戒指。

「Allen，我們認識不久，你……你不覺得太快了些？」她拒絕得並不真心。

「太快？妳讓我苦苦尋覓了近三十年，還嫌太快？」他焦急癡狂的神情像極了瓊瑤小說中的男主角，連台詞也像，「意芬，妳這磨人的小東西，難道──妳要我當眾下跪嗎？」

她故作姿態忸怩了一下，才半推半就讓 Allen 戴上戒指。登時，在經理的帶領下，全場響起如雷的掌聲。

Allen 像個習慣喝采的演員，優雅地起立向四周的祝福頷首致

意，蘇意芬的雙頰卻因嬌羞而緋紅宛似彩霞，就在紛鬧喧嚷之際，門口衝進來一個粗獷有型的男人。倘若文質彬彬的 Allen 適合拍古典文藝片，那麼，此時闖進來的豪邁男士就足以走進英雄電影的鏡頭，他滄桑孤傲的神態和渾身散發的狂野氣息，肯定教所有女人都想變成一隻溫馴的小貓，嬌憨地偎在他寬闊胸膛裡。他像是從電影裡走出來的古惑仔陳浩南或鋼鐵人東尼・史塔克。

「妳不能嫁給他！」『浩南哥』痛苦得臉部攣揪成一團，即使他極力壓低嗓音，旁人依然聽得出他一字一句的激動難抑，「過去是我對不起妳，現在我才明白我最愛的還是妳，意芬，讓我們重頭來過，好嗎？」

這種近乎哀求的表白出自一個剛毅桀驁的男子口中，縱然鐵石心腸，也要動容心軟。

Allen 一把揮掉浩南哥的手，像捍衛自己領土的武士般，環手兜住蘇意芬，「她是我的未婚妻，請你不要動手動腳。」

浩南哥對 Allen 完全視若無睹，眼光只一心一意膠著在蘇意

芬身上，「回到我身邊吧，沒有人、沒有人能像我愛妳這樣深。」

　　Allen 一個箭步擋在浩南哥和她中間，對峙的兩個男人像兩頭準備決戰的獵豹，虎視眈眈、互不相讓，緊張的氣氛一觸即發。

　　餐廳的經理正疾步向他們走來。蘇意芬跨前欺近浩南哥，臉上寫著決絕，「你走吧，過去就讓它過去吧！有些感覺是喚不回來的，有些愛──覆水難收！」

　　浩南哥受傷的雙眸急遽浮上一層淚光，目光灼灼望了她幾秒，然後，絕望地丟下一句「祝妳幸福」即拂袖而去，在他旋身的剎那，蘇意芬看到一滴淚珠自他眼角跌落。

　　周遭靜默看戲的人群開始竊竊議論起來。蘇意芬起身離座走向洗手間。

　　站在洗手間整面梳妝鏡前，蘇意芬目不轉睛瞅著鏡中的自己，一雙彷彿永遠都睡不飽的小眼睛，扁塌得幾乎沒有鼻樑的鼻子，大得即使不塗口紅也血盆的嘴唇，拼湊成與美麗絕緣的容貌。從小，她就是隻不折不扣的醜小鴨，沒有男孩子有興趣多瞧她一眼，就算有，也多半是為了拿她的外表取笑。唸中學時，有

位與她搭同班車上下學的缺德男生就曾指著她，對旁邊的同學說：「你們看，她那副尊容可以去申請專利了，照她的長相做成布偶，用來嚇唬那些不聽話的小孩，哈，鐵定有效！」

童話故事中，醜小鴨變成天鵝的奇蹟並沒有在她身上發生，她只不過從小號醜娃變成大號醜女而已。在恥笑羞辱中成長，造就她自卑又好勝的性格，她將自己禁錮在象牙塔裡，不敢輕易與男人交往。她以為，不愛，至少可以不受傷害。

另一方面，她奮力往上爬，功課拿第一，演講作文繪畫都得獎，日以繼夜拼命工作，讓她很快攀升到一家上市公司的高級主管。她想藉其他條件提高自己在情愛戰場上的競爭力和勝算。

可惜，大多數男人根本未能認識她的內在美，就已經被她的外貌嚇得打退堂鼓了。唸書時交網友，雖然對方再三聲明不在乎外表，但只要她一寄上相片後，對方就會從此音訊杳然。幾次與網友見面後，都在對方嫌惡憎厭和急著閃人下草草收場，結果，當然就沒有結果了。連她唯一愛過的男人國忠都在交往三年後移情別戀，愛上一個頗具姿色但滿臉寫著「我沒念過書」的粗鄙俗

艷女子，國忠來取走放在她住處的衣物時，歉疚地坦承：「原諒我，我也是一個正常的男人，怎麼抗拒得了美色呢？」

之後，她在網路上讀到男人對女人的品味與評鑑，最受男人歡迎的第一等女人是美麗而愚笨的，其次是美麗卻聰明的女人，第三等是不美麗也不聰明，男人最討厭不美麗卻聰明的女人，而頂著雙碩士學位的她，正是最後一等女人。她於是明白：美貌，才是女人最大的本錢，絕大多數的男人都是以貌取人，就算明知再妍麗的花兒終也招展不了幾個春秋朝夕，男人也要汲汲追逐這種短暫的美麗。

至於，內在美？只是沒有外在美的人的自我安慰罷了。

從她和 Allen 在一起後，她就不停從旁人臉上讀到好奇和妒恨的訊息，男人的好奇不解和女人的輕蔑妒恨。「為甚麼俊男一定要配美女呢？假如美女可以配野獸，俊男為何不能配醜女呢？」她問鏡中的自己，「如果天生的長相決定一個女人的幸或不幸，那麼，長得醜的女人不管多努力，是不是都改變不了悲劇的宿命呢？」

她，絕不肯就此認命！

整好儀容，她從容步出洗手間，在回座的途中，她隱約又感覺到四面八方射來的異樣目光，挺了挺背脊，她像個高傲的女神昂首踩過凡人的仰望。

經過「浩南哥」的攪局後，此時，全餐廳每個人討論的話題都圍繞他們這一女二男的愛情事件上，蘇意芬不用猜也知道，他們議論的不外乎；一個如此其貌不揚（醜陋不堪也許更貼切）的女人到底有何魅力，教兩個那麼出色的男人為她癡迷若此？

她緩緩地，邊吃著甜點，邊享用別人的指指點點。從小到大，始終只能躲在被忽略的陰影裡，她一直夢想能像這樣活在聚光燈下，活在別人的嫉妒和羨慕中。即使只有一次也好。

然而，美夢終究會醒轉，飄在雲端的快樂，隨著他們離開餐廳，漸漸消褪。到她家門口，他在她額上深情一吻。

「進來坐坐嗎？」她在邀請。

「不，太晚了。」像卸下面具般，他深情專注的眼瞳倏地被一種在商言商的冷淡取代。「而且，接下來的不在我們服務範圍

內。這是這兩天服務的費用明細，包括我和理查，喔，就是衝進餐廳的那個男人，還有兩天逛街吃飯的開銷。那顆戒指是玻璃製的，本公司免費奉送。後天，我們會派專人來收帳。」

「希望妳會滿意我們的服務，也期待很快有機會再為妳效勞。」

男人面無表情轉身下樓，留下蘇意芬一人佇立在黑暗中，手中握著那份「幸福販賣公司」的帳單。帳單旁一行紅字鮮紅寫上：「幸福販賣公司，備有各種劇情、情境，滿足你不同的生活體驗。」

下回，也許她可以換換口味，要他們來齣「搶親記」，被一個男人當眾拉出婚禮現場，應該挺刺激過癮的；或者，在眾目睽睽下，甩男人一個耳光，或把水潑灑在他臉上，就像那個機車廣告一樣，這是她一直想對前任男友做的事；再或者，要個男演員和兩個小孩，過過「美滿家庭」的癮，也蠻不錯的吧？！

誰說幸福用錢買不到？

Crazy Love

———

WHAT IS LOVE
23

　　她抬起頭來緊瞅著他的眼，想分辨他話中真偽，悲傷、羞憤、受辱與不平的情緒在她胸口澎湃奔騰，他不要她了？他真的不要她了？！

　　「我愛你呀！我做這一切都是因為我愛你。」

　　俐俐歇斯底里嚎啕了起來，塗上蔻丹的玉指死命地揪扯著頭髮。

　　「為甚麼要躲我？你不是很愛我嗎？」盯著眼前仍陷入昏睡的建平，她慢慢弓起身，捲縮成牆角一隻受驚的小貓，聲音驟地變得悽悽惻惻，「你說你願意用全世界來換我，你說我是你的一切，你忘了嗎？」

　　他們是在一場服裝發表會上認識的，俐俐是走秀的模特兒，建平是服裝廠商的總經理，幾次彩排下來，所有人都察覺到那位殷勤的客戶對俐俐別有用心。

「唉呦，瞎子也看得出來，每次到後台第一個就跑來問妳口不口渴呀，累不累呀，妳一說喜歡吃日式便當，他就天天訂日式便當，我都快吃膩了，小姐，拜託，告訴他妳現在改想吃魚翅燕窩加牛排，好不好？」叫瑪莉亞的模特兒嘟起小嘴嗔道。

對瑪莉亞這種略帶醋意的揶揄，俐俐只驕傲地回以甜蜜一笑。

當初俐俐選擇模特兒這一行，不僅因為可以穿上錦衣華服成為聚光燈焦點，最重要的是，很多男人對模特兒和空姐都有莫名的迷戀，只要她一提及自己的職業，馬上會有一大堆蒼蠅蚊子蜂擁而來，圍著她打轉垂涎。對她這般的美女來說，追求者人數就是個人魅力的最佳指標。

被追求總是一件值得虛榮的好事，尤其對象是一位風度翩翩、前途看好的服裝界才俊時。因此，當演出結束後，他每天託人送來一大束鮮花，俐俐的芳心很快就被收服了。

不可否認，建平確實是個魅力十足又多情浪漫的情人，從接受他的邀約開始，俐俐就不由自主被他深深吸引，他成熟體貼、

博學幽默，而且總能不斷地製造教她意外的驚喜。俐俐到國外拍照，倆人難分難捨地機場揮別，待她登上機，座位上早已擺滿了黃玫瑰和一顆心型墜飾，「我的心與妳同行」卡片上這麼寫道。突來的午後驟雨，知道她總不帶傘，建平於是派人帶來七、八把各色的傘，讓愛美的她選擇最能搭配當天服裝的傘具來遮雨。她表演，他是台下最熱烈的觀眾；她拍照不順鬧情緒，他會專程趕來安撫、逗她開心。

他是個一百分的情人。

不，他最多只能說是九十九分，缺的那一分，因為——他已婚。

然而，或許是建平的不幸婚姻讓他臉上總泛著一股受難憂鬱的氣質，也讓他和她這段婚外情在偷情的刺激外，更添了幾分不容於世的悲壯淒美。道德上，俐俐不免掙扎在「第三者」的罪惡感中，潛意識裡，她病態地著迷於這種悲劇色彩，每次看建平埋怨他的婚姻時，她就覺得自己像個頭戴光環的救世主，正在拯救他脫離不幸與苦難。

他說，他老婆竟日沉迷牌桌，放任大兒子結交損友染上毒癮；他老婆的弟弟又來「借」錢，卻一向有借不還；他要老婆花錢節制些，她竟尖酸嘲諷他沒本事賺大錢；天氣轉涼換季，念小學的女兒照樣穿短袖上學，弄得老師打電話來，他老婆竟說她忙著打牌哪有心思管這種「小事」……

俐俐將建平兜進她柔軟的胸脯裡，像隻慈愛的母鳥用羽翼溫暖著受凍的幼鳥。他的脆弱，激起她的母性情懷。

收納了建平的牢騷和苦悶，她想做他永遠的港口。

她把華麗的壁飾換上建平最愛的抽象畫，陽臺上栽滿建平喜歡的蝴蝶蘭，她學做家常菜，學著聽建平熱愛的藍調音樂，他們像新婚夫妻般過著如膠似漆的家居生活，除了每晚凌晨他必須回到另一個窩。

他老婆擁有名分，她擁有大部分的他，雖有缺憾，卻也幸福。但是，這種剽竊來的幸福，卻在幾個月後乍告終止，建平忽然憑空消失了似地，連通電話也沒有。她做得不夠好嗎？還是建平看出她想誘他離婚的企圖？抑或，他另外有了女人？各種揣想在她

腦海中交纏成可怕的鬼魅，張牙舞爪伺機衝出理智，不甘心和恐懼自體繁殖成瘋狂的病菌，一分一吋將她的冷靜侵襲殆盡。

她每隔幾分鐘就叩建平手機，一次又一次的「現在收不到訊號」，彷彿他在對她說：「我們之間已經沒有訊號了」；打去建平公司，永遠是他祕書冰冷的回應，不是外出就是出差；到他公司門口鵠候，也總是撲了個空。

她推掉了所有秀約和通告，即使經紀公司要告她毀約，也不在乎。

她窩在家裡，不停地，把對建平的愛意和思念化成露骨的文字一則一則簡訊給他；她要建平的祕書和同事們轉告建平「我煮了他最愛吃的苦瓜雞和糖醋排骨等他」；她每天打電話去他家，都是他老婆接的，她便一逕嚶嚶啜泣；她甚至把自己的一頭長髮剪成一小綑一小綑分批送到他公司。建平卻依然像斷了線的風箏，了無音訊。

悲憤難耐，她執起他留下的刮鬍刀一道、一道朝自己手腕割去，殷紅的血淌流在她雪白的腕上，像冬雪中的一朵紅灩。她撥

了他公司的電話，「他又不在？……那妳轉告建平，我活不下去了……來生再見……」

病床上，俐俐幡然醒來。

建平守在病榻旁，一臉漠然。

這已經不是她第一次自殺了。就像吸毒的人離不開毒品，自殺，是她的毒癮。

「別再做傻事了，好嗎？多疼惜自己一點。」他不帶感情地安慰她。

「人家氣不過嘛，誰教你都不理人家？」她淚盈於睫，嬌嗔道。

「我以後……恐怕都不能來看妳了。前一陣子，我老婆發現了我們的事，又吵又鬧還帶小孩回娘家，我岳父母氣到要抽掉我公司所有資金。」當年是他太太娘家出資助他打下服飾帝國，建平自知理虧，也憂慮公司營運受影響，一連數日，他低聲下氣到岳家苦苦求饒認錯，夫妻一夜懇談後，為了孩子，他們決定重新開始，「她好好持家，而我──則必須和妳一刀兩斷！」

　　這個卑鄙可惡的女人，竟然用孩子與金錢來羈絆建平！憤恨，宛如一頭猛獅，亟欲擺脫俐俐心中的柵欄。她，不甘心！

　　「下午來接我出院。」

　　「……」他猶豫著。

　　「就算是一刀兩斷前，最後的仁至義盡，嗯？」

　　午後，他將已然恢復體力的俐俐送回他們曾濃情繾綣的愛巢，門一關，俐俐突然傾身擁緊他。

　　「你怎麼捨得離開我？我們是那麼合適，每個人都讚嘆我們是多麼出色的一對，還有，你忘了我們在──在床上是多麼契合、多麼歡愉嗎？」

　　她的手像水蛇般纏住他的頸項，挑逗地舔吮他的耳垂，卻被他冷冷地又躲又扯給掙開了，「我承認我們在床上非常契合，但那是性，不是愛。」

　　「你敢說你沒愛過我嗎？」俐俐失聲尖叫出來，「當初你是怎麼狂烈地追求我，你還說我讓你有真正戀愛的感覺。」

　　五光十色的模特兒生涯雖教俐俐懂得人情世故，但是她太年

輕了，不曉得男人追求美女，就像獵人追逐獵物一樣，只在於享受狩獵的過程，根本無關情愛。

「那也許是愛，也許不是，但不管是什麼，都已經過去了，我需要一個完整安定的家，我累了，不想漂泊，也無力遊蕩。」

「我們也可以合組一個家啊，我會很愛你的孩子的。真的。」

建平歉疚地按著她雙肩，「妳為我做了很多事我很感激，但我實在受不了妳那麼強的佔有慾和緊迫盯人，連我在開會都要跟我講幾句話才安心；我外出和客戶吃飯，妳的電話就盯到那家餐廳；行動電話一不通，妳就疑神疑鬼；一天到晚問我愛不愛妳，我一遲疑，妳就鬥氣要鬧自殺……妳的愛像一隻水蛭，纏得我愈來愈……怕妳，老實說，我真的很怕妳！」

「那是因為我愛你呀。」

「可是，我已經不愛妳了。」他說得堅決。

「不，你不懂，你是愛我的，只是你不知道罷了，我是女人，我可以感覺到你非常愛我。」她將他的手抓起放在她豐滿的胸脯上摩娑，另一手向他褲襠試探，「你看你還是對我有反應，你還

是愛我的。」

建平又氣又惱地將她撥開，「任何正常的男人都會有反應的，這只是性慾。妳清醒點，別再自欺欺人，好嗎？就算我曾經愛過妳，但是——一切都過去了。」

「你——有別的女人，對不對？週刊上說你和這次服裝展某名模打得火熱，是不是蘇珊娜那騷貨？她最愛搶別人的老公了，你是不是跟她有一腿，是不是？」她瘋了似地咄咄逼問。

「沒有，妳不要亂猜。」

她抬起頭來緊瞅著建平的眼，想分辨他話中真偽，悲傷、羞憤、受辱與不平的情緒在她胸口澎湃奔騰，他不要她了？他真的不要她了？！

好半晌，她淒楚地露齒一笑，「好吧，讓我們好聚好散吧。喝杯酒，我們還是好朋友，嗯？」

她在建平驚喜的目光中，轉身到吧台倒了兩杯酒。

「祝我們友誼長存！」她說。

「也祝妳早日找到合適的男人。」他補充了一句。

酒杯在空中碰撞出清脆的聲響，他們一飲而盡。幾分鐘後，他陷入了昏迷狀態。她在他的酒中加了幾顆安眠藥。

　　待他悠然轉醒時，他已被剝得只剩一條內褲，全身被繩子縛得無法動彈，俐俐跪蹲在他對面，雙手抱著頭，咕噥自語。

　　「嗯哼——」建平悶哼了一聲。

　　「你醒了？餓不餓？我去弄東西給你吃，我燉了雞湯。」她像個溫柔的妻子端來一碗湯，順手撕掉他口中的膠帶，「來，我餵你，乖乖，把嘴巴打開。」

　　建平怒不可遏地用臉頰將湯匙和碗撞開，潑了她一身滾燙濕漉，「妳到底想怎樣？」

　　俐俐陰森一笑，「我愛你呀，我捨不得你離開我。」

　　「我說過我不愛妳了，不，我從頭到尾都沒愛過妳。」他像隻被激怒的野獸瘋狂咆哮，「是妳自己太傻，誤把男人的逢場作戲當真心，妳難道不知道男人傾吐苦悶，其實只是為了索取一些非份的溫存嗎？而且，妳根本不愛我，妳是不甘心被拋棄，一心想獨佔我而已。」

　「不、不、不是這樣的。」俐俐拚命甩著頭，好像如此一來就可以把他所有的話都搖散似的，「我愛你呀，你也愛我的——」

　激動嘶吼的俐俐，瞬間，彷彿換了張面具，馬上恢復了往常優雅的淺笑，「喔，我不該這樣大聲叫喊，你最不喜歡女人歇斯底里、粗聲粗氣的，對不對？」

　她顛躓著踱到餐桌旁又踱了回來，「不要怕，我的建平，很快就好了。」

　她手上一把亮晃晃的水果刀，正閃著儡人心魄的寒光，她緩步逼近他，一揚手——

【結局一】

　　她手上一把亮晃晃的水果刀，正閃著儡人心魄的寒光，她緩步逼近他，一揚手——

　　殷紅的血自建平胸膛湧出，他的眼睛因劇痛和震驚而猛然撐大，那把水果刀，刺中了他的胸口！

　　「哈哈哈，」俐俐雙眼渙散地仰天狂笑不已，「你永遠是我的了，誰也無法把你搶走，哈哈哈哈哈……」

　　血仍汩汩流出。

　　「為甚麼殺人有罪，而你們男人玩弄女人的感情、傷女人的心就沒有罪？不公平，不公平！我的心也會痛、也會流血，你們男人的花心無情一樣也會殺人啊！」

　　俐俐蜷縮成一團，撫住臉放聲痛哭起來。她想起六歲那年，在幼兒園午休中，媽媽搖醒俐俐說她再也受不了爸爸的殘暴凌虐，她要和林叔叔逃走，小俐俐天真問：「那我們什麼時候走？」媽媽搖了搖頭：「他只帶我走。」然後，媽媽就頭也不回離開了，任她一路猛追，「媽媽，妳不要俐俐了嗎？為甚麼不要俐俐了？

為甚麼不要我？」

「為甚麼不要我？」失溫的淚水，潰堤成河。

綁在椅子上的男人呼吸愈來愈微弱……

【結局二】

她手上一把亮晃晃的水果刀，正閃著懾人心魄的寒光，她緩步逼近他，一揚手——

「哈哈哈，」看著建平因驚恐而緊閉的雙眼，俐俐笑得淚水直流，「你以為我會殺了你嗎？哼，殺你這種朝秦暮楚的男人只會弄髒我的手。」

建平張開眼，察覺自己身上的繩子已被她一刀割開了。

「你走吧，我再也不想見到你。」

看他逃難似地落荒而逃，俐俐的唇邊隱隱浮起一抹詭譎難測的笑容。她趁他昏迷時，全程錄下了他的裸照和窘態，那些八卦媒體一定會感興趣的，對他即將從政的計畫和商場的聲譽，這絕

對是個致命傷。

　　殺人，何必血刃呢？

【結局三】

　　她手上一把亮晃晃的水果刀，正閃著懾人心魄的寒光，她緩步逼近他，一揚手——

　　刀子在建平的頸間滑動，嚇得他連大氣都不敢喘一下，俐俐繼續微笑地將刀子滑至他胸前，然後在他的左胸轉了幾圈。

　　「冷靜點，殺了我，妳會坐牢的。」他的聲音劇烈抖顫。

　　她仍然保持著優雅笑顏，又把刀子滑過建平的喉結。

　　「俐俐，我……我愛妳。」他急道，「我根本不愛我老婆，真的，我愛妳。」

　　她怔怔看了他幾秒，然後，側身按開了手機，「真的嗎？建平，我想聽你再多說幾遍。」

　　建平努力擠出一臉真摯，不停重覆道：「真的，我根本不愛我老婆，我愛……俐俐，我愛妳……我只是先安撫我老婆，我愛的是妳……」

　　冷冷地，俐俐揚起左手的手機，手機螢幕那頭是一臉驚怒的女人，「吳太太，妳先生在我這裡，妳來把他——領回去吧！」

　　在等待他老婆來的空檔裡，她開始不可自抑地大笑起來。

文豪的愛情名言
———

EMOTIONAL
SAYING

★我在自己面前寫了一塊「此路不通」的招牌，但愛情含笑而過，它說：「所有地方我都能進去。」——薛普曼

★那是真正的戀愛時節，當我們相信祇有我們二人，相信我們之前從沒有人這樣地愛過，相信以後將沒有人能這樣的愛。——歌德

★在戀人之間，期待是一種甜蜜的心情。一次會面滿足了一次期待，另一次新的期待又在開始；愛情便在這不斷地滿足的生活裏開花。——歌德

★有限的期待，在戀人的心理上是甜蜜的。——歌德

★戀愛能使生命燃燒，使生活充實。——歌德

★戀愛的真義，在於互相忠於對方；其間不容許有半點非份的思想存在。——依麗莎白

★假如你並不把戀愛視為遊戲，那麼，首先你就不要讓自己作了別人遊戲的工具。——毛姆

★男人不斷地告訴女人，你為甚麼不願意更聰明一點？女人不斷地告訴男人，你為甚麼不更多情一點？——奧拉烏

★雖然戀愛的最終目的是結婚，但戀愛與結婚卻是兩件事。——毛姆

★戀愛必須像狡兔，若即若離，半推半就，才是引誘獵人追隨不捨的好方法。——毛姆

★戀愛的感情，是對有著異性美的一種心理上的燃燒，如果不顧自己沒有被愛的資格，而偏要尋找理想的對象，那是徒然而可笑的。
——強尼遜

★嫉妒和懷疑是愛情的附屬品，嫉妒與懷疑越大，愛情也就越熱烈。
——蕭伯納

★唉！唉！癡愚的愛情是多麼飄忽不定，正像一個壞脾氣的嬰兒一樣，一會兒在褓姆身上亂抓亂打，一會兒又服貼的甘心受責。——莎士比亞

★啊！不要指著月亮起誓，它是變化無窮的，每月都有盈虧圓缺；你如果指著它起誓，你的愛情就很可能也會像它一樣無常。——莎士比亞

★愛情如數學上的三角或多邊形，那是危險的信號，女孩子自身可以造成他們其中一個獲得幸福，同時也會使另一個受到創傷。——莎士比亞

★一個惡徒的愛情，比他的憎恨還要危險。——哈代

★愛情裏有最甜蜜的快樂，也有最痛苦的悲哀。——貝利

★愛情像麻疹，在生命中來得太遲是很糟糕的。——澤洛德

★眼淚是愛情的香料，浸在眼淚中的愛情是最可愛的愛情。——司各脫

即使世界如冰雪
我也要用盡全力擁抱你

作　　　者　小　彤
責任編輯　呂增娣
美術設計　劉旻旻
行銷企劃　吳孟蓉
副總編輯　呂增娣
總 編 輯　周湘琦

董 事 長　趙政岷
出 版 者　時報文化出版企業股份有限公司
　　　　　108019 台北市和平西路三段 240 號 2 樓

發 行 專 線　(02)2306-6842
讀者服務專線　0800-231-705　(02)2304-7103
讀者服務傳真　(02)2304-6858
郵　　　撥　19344724 時報文化出版公司
信　　　箱　10899 臺北華江橋郵局第 99 信箱

時 報 悅 讀 網　http://www.readingtimes.com.tw
電子郵件信箱　books@readingtimes.com.tw
法 律 顧 問　理律法律事務所　陳長文律師、李念祖律師
印　　　刷　勁達印刷有限公司
初 版 一 刷　2022 年 10 月 07 日
定　　　價　新台幣 320 元
ISBN 978-626-335-951-2
（缺頁或破損的書，請寄回更換）

即使世界如冰雪，我也用盡全力擁抱
你/小彤著. -- 初版. -- 臺北市：時報
文化出版企業股份有限公司, 2022.10
面；　公分. --（玩藝）
ISBN 978-626-335-951-2(平裝)
863.57　　　　　　　　　111014713